O Afinador de Passarinhos

O Afinador de Passarinhos

Gil Perini

Copyright © 2011 by Gil Perini

Direitos reservados e protegidos pela Lei 9.610 de 19 de fevereiro de 1998. É
proibida a reprodução total ou parcial sem autorização, por escrito, da editora.

Dados Internacionais de Catalogação na Publicação (CIP)
(Câmara Brasileira do Livro, SP, Brasil)

Perini, Gil
    O Afinador de Passarinhos / Gil Perini. –
Cotia, SP: Ateliê Editorial, 2011.

    ISBN 978-85-7480-550-4

    1. Crônicas brasileiras I. Título.

10-04113   CDD-869.93

Índices para catálogo sistemático:

1. Crônicas: Literatura brasileira   869.93

Direitos reservados à
Ateliê Editorial
Estrada da Aldeia de Carapicuíba, 897
06709-300 – Granja Viana – Cotia – SP
Telefax: (11) 4612-9666
www.atelie.com.br / atelie@atelie.com.br

2011

Printed in Brazil
Foi feito o depósito legal

Sumário

Conversações, como um Prólogo *11*
Sinais do Tempo *13*
A Quieta Substância da Crônica *15*
Mexericas *17*
A Sutil e Delicada Arte de Comprar Anzóis *19*
O Fim do Mundo *21*
Ah, o Atlético! *25*
A Doce Vingança dos Passarinhos *29*
A Venerável Confraria dos Ladrões *31*
Cachorro de Cronista *33*
A Flor do Guernica *35*
Minha Vida de Músico *37*
A Falta que Ele nos Faz *39*
Negócio de Cavalinhos *41*
Por que Escrevo Pouco *43*
Apelidos *45*
O Nome do Lugar *47*
O Silêncio Barulhento das Ruas *49*
A Última Buraqueira *51*
Da Percepção Gustativa dos Peixes *53*

Pequena História Oriental   *55*

Resgates   *57*

Conversa Ribeirinha I – Cuidando da Saúde   *59*

Conversa Ribeirinha II – A Conjuntura Econômica   *61*

Conversa Ribeirinha III – O Rio Está Vivo e Agradece   *63*

Da Inutilidade das Pequenas Coisas   *65*

Cambevas, Penas e Fiado   *67*

O Dia em que Matei o Caçador   *69*

De Manhã, numa Praça   *71*

As Frutas do meu Cerrado   *73*

Sinal de Chuva   *75*

Colecionar Santinhos   *77*

O Menino e o Pião   *79*

O Pião e a Roda   *81*

O Pião e a Unha   *85*

Traição   *87*

Invernos e Veranicos   *89*

Classificando Cachaça   *91*

Imortalidades Eletivas   *93*

Cardápio Alternativo   *95*

Minha Vida de Cartola   *97*

Fins de Rebuçados   *99*

O Homem da Cobra   *101*

Meu Parente mais Sabido   *105*

Navegar   *109*

Pegando Onça à Unha   *111*

Eu e meu Amigo Palhaço   *113*

Para que Serve um Dicionário   *115*

Crônica da Contrarrevolução   *117*

Meninos em Foto Antiga   *119*

Homem no Jardim   *121*

Inconsistentes Fragmentos de Memória   *123*

Sobre Duas Pedras   *125*

Com os Pés no Chão   *127*

O Nó da Madeira   *129*

Previsões   *131*

Queixas ao Vento   *135*

Pianos, Passarinhos e Afinadores   *137*

Ou Flores, ou Frutos, ou Sombra...   *139*

O Nome Dela   *143*

Não é por Falta de Assunto   *145*

Caipira Sou Eu   *147*

No Fundo do meu Quintal   *151*

Galo na Cabeça   *153*

Gastronomices   155

Meu Pai e os Porcos   *157*

Meu Primeiro Emprego   *161*

O Avestruz e a Vaca   *163*

O Cartório   *165*

Um Poste na Eleição   *167*

Cuidado com o Poste   *169*

Rato de Sebo   *171*

Chaves & Fechaduras   *173*

O Fruto Dourado da Goianidade   *177*

Ser Goiano   *181*

Loucos de Estrada   *185*

Conversações, como um Prólogo

Foi com relutância que acabei por reunir estes textos em livro. Eles foram publicados no jornal *O Popular*, de Goiânia, ao longo de quatro anos, com frequência irregular, na seção Crônicas & Outras Histórias. Selecionei os que me pareceram menos datados e, portanto, com alguma chance de sobreviver ao efêmero da página de jornal.

Um problema surgiu quando percebi que quase todos os textos estavam escritos na primeira pessoa; desisti de contar quantos "eus" escrevi. Quase desisti também da publicação, mas refluí quando alguém disse que crônica é assim mesmo, que não tem problema nenhum em ser na primeira pessoa. Concordei, e às vezes penso que esta é a maneira que encontrei de escrever um livro de memórias.

Havia escolhido um título meio pomposo (se é que existe pompa pela metade): ***A Inutilidade das Pequenas Coisas***, mas os grilos falantes me alertaram sobre a força descomunal da palavra inutilidade, o que me fez matutar se haveria mesmo alguma utilidade num livro de crônicas, ou em qualquer outro livro escrito ou por escrever. Ainda assim continua-se a escrever e a publicar.

É preciso ressaltar a paciência e a elegância com que Jacy Siqueira, Adovaldo Fernandes Sampaio, Edna Luiza Rodrigues e Euler

Belém leram os textos e propuseram correções e ajustes. Fiz as mudanças sugeridas – que recebi como manifestação de apreço, amizade e consideração –, menos uma: suprimir a crônica sobre o Atlético da Campininha das Flores de Nossa Senhora da Conceição.

Que me perdoem esses singulares amigos, mas isso é impossível. Admito até que uma pessoa possa, ao longo da vida, mudar de crença religiosa, atitude filosófica ou tendência política, mas trocar de time de futebol, nunca. Então, viva o Atlético!

E aí estão as *Conversações de um Menino Velho*, que espero possam agradar àqueles que, ao longo do tempo, também acreditaram ser donos de uma infância que teimosamente não quer acabar. E que nem nós queremos que acabe.

Resta explicar o porquê do título.

Essa história de menino velho, essa inútil tentativa de ser eternamente jovem, aprendi com Juca Berquó, um velho-menino-velho que viveu no Arraial de Sant'Anna da Vila Boa da Cidade de Goiás Velho e que, quase oitentando, dizia que ainda era um menino, que havia parado de envelhecer aos dezessete (muito antes que Violeta Parra a eles quisesse volver) e que por isso era forte, corajoso, astuto e sagaz. Depois, enchia o peito e arrematava:

– Eu só tenho um medo na vida: ter de servir o Exército no ano que vem.

E eu também.

P.S. – Depois resolvi mudar o título do livro para *O Afinador de Passarinhos* – tão estranho e inútil que nem precisa explicação –, mas não quis jogar fora este prefácio que me deu tanto trabalho para escrever.

Sinais do Tempo

Quando ele ligou, radiante, gritando ao telefone, Vamos ganhar um bebê, ou uma, ainda não sabemos, está muito no começo, é verdade, você vai ser avô, e eu balbuciei, meio travado, Que bom, fico feliz, ele quase quebrou o encanto daquele momento único em que o filho conta ao pai que também vai ser, arrematando, Vai demorar, nove meses é muito tempo...
Eu respirei fundo e só consegui dizer:
– Acho melhor eu fazer uma dívida.
– Uma dívida, pra quê?
– Vou comprar alguma coisa a prazo, para pagar quando o bebê chegar. Assim não vejo o tempo passar.
Acho que ele entendeu o gracejo, me cumprimentou e recebeu os cumprimentos que a notícia merecia, minha nora veio ao telefone, minha mulher choramingou, Um beijo, é uma graça de Deus, precisamos agradecer, uma criança, um beijo, e depois de muita alegria e uns olhos vermelhos do lado de cá, e acho que de lá também, desligou. Foi ontem; Isabella já está aprendendo a ler.
Sempre foi mote de conversa fiada, minha e de meus filhos, essas divagações sobre o tempo, de como o que é esperado nunca chega e

porque os compromissos chatos e as dívidas estão sempre batendo à porta. Breves e fugidios os prazeres; lentas as dores e as mágoas.

Contei a eles como demorei a fazer dezoito anos e tirar minha carta de chofer (dá pra ver que isso foi há muito tempo) e o quanto foi rápido chegar aos "enta", e que se cuidassem, que a hora deles era ali, agorinha. Construí umas metáforas, mostrei um céu estrelado e expliquei que ninguém figura eternamente entre as estrelas, que somos tão fugazes quanto as cadentes, cometas de uma única viagem a arrastar uma dupla cauda, o passado e o futuro, uma crescendo, a outra encolhendo, até que o futuro se extingue e fim, a jornada termina, apagamo-nos num céu iluminado por incontáveis e finitos cometas – pertencemos ao passado.

O mundo gira, "A Lusitana" roda, e eu, com pouca imaginação, acrescentaria "o tempo voa" ao reclame de antigamente, com saudade da folhinha do Sagrado Coração pregada na parede da sala e da minha ansiedade de criança, querendo ver o que estava escrito no verso do talão do dia – regras de bem-viver, biografias de santos, lua propícia para o plantio dos cravos e do azevém. E como demorava o hoje virar ontem para que uma nova folha pudesse ser destacada.

O tempo atual parece mais veloz e está no relógio eletrônico do alto do prédio que vejo agora, daqui da janela da sala onde escrevo, e se esvai no visor de cristal líquido do forno de micro-ondas onde esquento a água do chá. Três apitos e lá se foi um minuto.

Por que entrei nesse assunto? É porque ganhei uma agenda, e as agendas só chegam quando o ano está acabando. Elas são as primeiras a nos avisar que o tempo passou, estamos ficando mais velhos e que no ano novo precisamos ser mais organizados.

Vou tentar, se tiver tempo.

A Quieta Substância da Crônica

Às vezes me pergunto se o que escrevo é mesmo uma crônica ou se sou apenas um contador de histórias. Padeço, neste meu duro aprendizado, a agonia de redigir um texto curto que nem mesmo sei como classificar depois. Alguns são pequenos contos, outros beiram artigos de opinião, reminiscências, textos confessionais e raríssimos, raríssimos mesmo, eu ousaria chamar de crônica.

É ambição de quem escreve – e não sou diferente de ninguém – elaborar o texto perfeito, aquele que só faz melhorar com o tempo e que parece renascer a cada releitura. Consigo me lembrar de alguns poemas de João Cabral, de um ou outro conto de Borges, e de uns poucos escritos que, na minha falha avaliação, considero perfeitos.

Com a crônica, encontro dificuldades. Arrisco dizer que é o gênero mais publicado no país: onde existe um jornal há um cronista; às vezes mais. No entanto, se muito pouco se comenta sobre esses escritores dispersos, menos ainda sobre o seu trabalho, e, fora a obra da "confraria dos mineiros exilados", restam poucas fontes nas quais um aprendiz pode garimpar a "receita" de como escrever uma crônica.

De tanto procurar, acabei descobrindo que a crônica prescinde de assuntos complicados, e o mote pode ser um sorriso, uma coluna no Duomo de Milão, o voo de uma borboleta, um passarinho. Pode ser o tropeção do homem que desce do ônibus, pode ser a chuva, as folhas que caem, ou a única folha que teima em não cair, antecipando uma inútil primavera. O vento; a falta dele. Um inseto, uma baleia, flores, uma serpente, um palpite não sonhado para uma fezinha, o sonho, Etelvina!, de acertar no milhar. Água, muita água, ou uma gota só; orvalho, um travo na garganta, cachaça, um sorriso desdentado a descompor um oceano de rugas. Uma lágrima que não consegue brotar... de pura alegria.

A crônica dispensa a contundência e a indignação, o comentário ácido, mordaz, a ironia cáustica e corrosiva. Ela se contenta em retratar o instante, em colher com delicadeza o fluir do tempo, em ironizar de forma tão sutil, que faz uma grande dor parecer uma simples penitência. E se tiver humor, que seja discreto e volátil, para não ficar com jeito de piada escrita que, assim como um traque, explodiu, acabou, não explode mais. Alto lá! Também precisa fugir da pretensão e do didatismo.

Assim estava eu, posto em desassossego, quando encontrei em um sebo, um livro – *Da Quieta Substância dos Dias* – escrito por um senhor Jurandir Ferreira, farmacêutico, jornalista, cronista de Poços de Caldas, onde viveu, morreu, e deixou publicadas suas crônicas em pequenos jornais de circulação local. É uma bela e extensa coletânea (são mais de quatrocentas páginas), que tenho lido e relido em busca da receita do autor.

Os textos são elegantes, leves, refinados, respeitam os aspectos formais da linguagem, mas dentro deles não encontrei nenhuma receita. O autor devia ser, além de excelente cronista, um brincalhão, e no título do livro ele "escondeu" a sua "fórmula".

Está lá e só não vê quem não quer: uma crônica não precisa de grandes acontecimentos, catástrofes, paixões desenfreadas, modernidades ou loucuras. Basta-lhe um instante de sossego, um olhar sem compromisso, a trivialidade da vida ou, tão somente, a quieta substância dos dias.

Mexericas

Domingo, depois da Missa das Crianças, a nossa turma se reuniu no campinho de terra para a pelada de antes do almoço. Só faltavam o Osni e a sua bola de capotão devidamente ensebada. Ele trouxe a bola e a novidade:
— As mexericas da Dona Maria Franciscon estão no ponto.
— Cuméquicêssabe?
— Ela mandou umas pra minha mãe.
— E ocê provou?
— Só pode depois do almoço. Meu pai falou que é sobremesa.
— E se a gente pedir umas pra Dona Maria?
— Aí não tem graça. O bom é pegar escondido.
O caminho para as mexericas era corgo acima, ora barranqueando, ora vadeando as corredeiras, até o poção entancado nos fundos do casarão de Dona Maria. Ali a travessia tinha de ser a nado. Tibum! Dez braçadas até o paraíso.
Só quem se esqueceu de que já foi criança, ou sempre viveu emparedado no concreto das metrópoles, desconhece o gostinho bom das frutas roubadas nos quintais. São as mais saborosas, as mais

doces, perfumadas – são inesquecíveis, como as tolas e inocentes transgressões da infância.

Atacamos as mexericas, que fizeram por merecer a nossa ousadia. Muito doces, eram daquelas enredeiras, das que impregnam o vivente com um cheiro agressivo e penetrante, do qual só se consegue livrar com um banho bem tomado.

Empanturrados, já íamos voltando sem que ninguém da casa percebesse, quando Osni parou na beirada do entancado:

Meu Deus! É "congestã" na certa!

O quê?

– "Congestã". Minha mãe diz que nadar de barriga cheia faz morrer ou entorta a boca. Uma mulher da Usina entortou tanto que quase mordeu o "bingulim" da orelha. E agora? É melhor a gente sair pela frente.

Após desesperadas confabulações, depois de descobrirmos o portão da frente fechado a cadeado, e guiados pelo Edinho, que era neto de Dona Maria, decidimos por um ato de bravura. Entramos pela porta da cozinha e fomos casa adentro em direção à rua. Dona Maria preparava o almoço e Seu Zé, sentado na poltrona da sala, lia o jornal.

Passávamos silenciosamente, em fila indiana, nas pontas dos pés, e a vanguarda já estava na sala, quando Dona Maria esbravejou:

José, de onde saiu tanto menino?

Paramos no canto da sala. Seu Zé abaixou o jornal, olhou por cima dos óculos e deu de cara com o neto e seus amigos assustados, calções molhados, cabelos escorridos. Respirou fundo, sentiu o cheiro denunciador das mexericas e respondeu:

– Sei não, Maria. Às vezes penso que crianças caem do céu.

A Sutil e Delicada Arte de Comprar Anzóis

Sou comprador compulsivo de material de pescaria. Não consigo passar na porta de uma loja sem entrar e, depois de algum tempo a namorar bugigangas, acabo encontrando um jeito de gastar meus cobres nessas pequenas inutilidades.

Associando frequência e contumácia, fica explicada a exorbitância de tralha que guardo em casa e que superlota o bagageiro do carro quando resolvo sair para pescar. Façam as contas. Todo sábado de manhã costumo visitar os sebos do centro da cidade, e invariavelmente encerro o meu périplo em uma dessas lojas de anzóis e etcéteras.

Isso me rendeu um invulgar inventário. Tenho duas caixas de tralha miúda com anzóis de todos os tipos e números, giradores, encastoadores, alicates, chumbadas, facas, tesouras e, cúmulo do perfeccionismo, uma trena de marceneiro e uma balança de mola, igual às antigamente usadas pelos feirantes. Eu as uso para medir e pesar algum infeliz peixe, porventura capturado, e enquadrá-lo nas disposições legais.

Duas maletas, daquelas usadas pelos anestesistas, com os molinetes, e dois tubos de PVC cheios de varas de múltiplos tamanhos. Uma sacola com carretéis de linhas que, emendadas, dão uma volta ao mundo, e ainda sobra linha pra costurar muita mentira de pescador, além de outra caixa com quase uma centena de iscas artificiais, a maioria nunca jogada n'água. Ainda tenho a vara apropriada, a *floating line*, o *leader* e uma coleção de iscas para a pesca com *fly*. Também sei manejar tal estrupício com razoável destreza, embora sabedor da inexistência de trutas por aqui. Ainda vou tentar com aruanãs. Ah, um dia ainda vou.

Ultimamente, na tentativa de não aumentar o exagero da tralha, estabeleci um teto de gastos que só me permite compras de pequeno valor. Desprezo vitrines com carretilhas e molinetes importados, facas estilo Rambo e lanternas *hi-tech*, e continuo indo às lojas, mais para escutar conversa do que propriamente para comprar alguma coisa. No final, invariavelmente, compro.

E observando o universo dos compradores de anzóis, concluí que vender material de pescaria deve ser um dos melhores negócios do mundo. Nunca, na loja de anzóis, aparece um freguês para reclamar da má qualidade do material que comprou. Não existem anzóis de têmpera ruim, varas incompetentes ou linhas frágeis; o peixe é que era grande, e por isso escapou.

Dá gosto ver o entusiasmo de quem conta a história do peixe fujão, já pedindo ao vendedor uma linha mais grossa e anzóis de um número maior. E, depois, vê-lo admirar a sua compra com aquele olhar embevecido, quase idiota, de avô corujando neto. Fico feliz eu também, justificada essa minha mania de comprar anzóis, e achando que assim gasto bem os meus caraminguás.

Até porque quem compra um anzol não compra apenas o anzol. Compra a alegria de planejar uma pescaria, a esperança de pegar um peixe, compra uma sombra de ingazeiro numa ceva de piaus, o sabor de uma cerveja sabiamente gelada e capaz de matar a mais cruel das sedes e imagina fisgar, ainda que efêmero, o seu diminuto quinhão de felicidade.

Quem compra um anzol, compra um sonho.

O Fim do Mundo

Agora é pra valer. Não se trata de uma nova interpretação das profecias de Nostradamus ou a entrevista de mais um babalorixá atrás de seus quinze minutos de fama. Também não é nada parecido com aquela *performance* idiota com que Orson Welles engambelou o povão dos *Zunidos*, mentindo em um programa de rádio que a Terra, invadida por um bando de extraterrestres, ia ser destruída.

Agora é pra valer, falando sério. Tenho um amigo que trabalha na NASA e que sabe de todas as coisas (até me forneceu o número do celular da Sharon Stone, o legítimo), e ele ligou pra me avisar que agora é batata – o mundo vai acabar.

É preciso ser maluco para acreditar que o cometa mais brilhante do milênio vai só tirar um fino na Terra. Cometa coisa nenhuma. Aquilo é um asteroide desgarrado, vai acertar nosso planeta em cheio e repetir conosco o que um ancestral dele fez com os dinossauros no Pleistoceno ou no Cambriano, sei lá!

Falou até o nome da fera, asteroide GWBXObLHwB15r3X1 (*George W. Bush versus Osama bin Laden, Heavyweight Bout, 15 rounds, três de luta por um de descanso*, assim o batizou um astrônomo gozador).

E eu que não bancasse o bobo, querendo avisar meus amigos: ninguém iria acreditar.

Ele me convenceu. Afinal, o pessoal da NASA não costuma errar a pontaria. Quem acerta Marte daqui dessa distância e coloca um astronauta pra dar pulinhos na Lua não vai ficar fazendo rastro de onça, me assustando só de farra. O jeito é esperar.

Acho que não devo dar bandeira, querer me penitenciar de pecados que não cometi ou me arrepender daqueles que, à custa de muita determinação, consegui transformar em virtudes – isso do meu ponto de vista, é claro.

Não vou cometer desatinos, mergulhar na esbórnia ou escrever alguma inutilidade, querendo recriar algo parecido com "Instantes", por um equívoco atribuído a Jorge Luis Borges. De repente a coisa pode não dar certo, quer dizer, não dar errado, e eu vou ter de me explicar. É chato, na minha idade.

Farei gaiatices e pequenas transgressões, pequenas mesmo, como ir à feira em Trindade comprar uma rapadura de cana caiana e um queijo tipo Minas, meia-cura, em homenagem à minha nutricionista. Depois encomendar à cozinheira um pudim de leite, receita dobrada, para ser mergulhado em calda de caramelo numa travessa de cristal.

Vou ficar sentado aqui na varanda, em silêncio, olhando na noite estrelada a nova estrela que vem crescendo, avançando em minha direção. Vou comer todo o pudim, sozinho, lentamente; o queijo e a rapadura ficarão ao meu lado, intactos, sobre a toalha branca do aparador. Tentarei buscar na memória alguém cantando *As time goes by... Play it again, Sam! Play it again!...* e depois ensaiar um sorriso forçado, amargo e inútil, para uma frase que, pelo menos em *Casablanca*, nunca existiu.

Considerarei irrelevantes essas e todas as outras imposturas perpetradas em nome das artes e das ciências; o mundo sem elas teria sido insípido, burocrático, sem graça. Não terei pressa, pois nada terei para fazer depois.

Tudo pode durar apenas um instante, mas será como se o mundo nunca fosse acabar, sempre faltando um queijo e uma rapadura. Vou ficar tranquilo e feliz, lamber os dedos lambuzados de caramelo e tentar adivinhar o sabor indescritível da eternidade.

Ah, o Atlético!

Para José Mendonça Teles

O culpado foi o José Limonta, o Bepim, nascido Giuseppe em Sanguinetto di Verona, primo do meu pai e *center-half* do time dos Onze Irmãos, filhos do tio Carlo e da tia Zelinda. Ele passou na casa da rua Pouso Alto, que meu pai alugava de uns filhos do Antônio Aciolly, e me levou ao estádio homônimo para assistir o treino do Atlético – foi paixão à primeira vista. O ano, 1955.

Às vezes, essa impetuosa paixão esmaece, como quando andei chutando umas bolas no Real e no Primeiro de Abril, mas ela sempre volta, embora nunca mais avassaladora como nos seus primeiros tempos. Andei desanimado, a ponto de responder quando me perguntavam qual era o meu time: "Não tenho mais time, sou Atlético!"

Quase mataram o time da Campininha, arrasaram o nosso estádio com a desculpa de construir um shopping center no lugar, e não vou culpar ninguém pela precipitada demolição; não é do meu feitio. Se nunca fui lá oferecer ajuda, agora é que não vou aparecer para atrapalhar ainda mais.

Felizmente, uns atleticanos renitentes – o Zé Mendonça à frente – resolveram recuperar o nosso estádio e ressuscitar o nosso clube.

Goiânia tem shoppings em excesso, e é muito lugar pro povão gastar dinheiro com besteira. Precisamos de campos de futebol, lugares de festa, alegria, cervejinhas e churrasquinhos de gato. "Táa cabano!"

Torço por eles nessa empreitada e, com a autoridade de quem tem o escudo do Atlético desenhado no calçamento de pedras portuguesas do quintal de casa, julgo-me, em momento tão grave para as nossas cores, no direito de dar alguns palpites.

Começo com o problema das cores. O Atlético é rubro-negro ou tricolor? É um sério problema de identidade, e o nosso escudo taí pra não me deixar mentir – somos preto, branco e vermelho, tricolores, ora bolas! E a camisa do Flamengo? A gente bem que podia ter uma camisa só nossa, mesmo feia como a do Criciúma ou a do Fortaleza, ou até carijó, igual à do Bragantino, mas uma camisa que qualquer um que visse um time com ela pudesse dizer: "Alá o Atrético da Campininha!"

Usar um dragão como símbolo ainda é pior. Primeiro, dragão não existe, e depois, como essa história começou, é de amargar. O Roberto Salvador, que foi um dos nossos bons atacantes, garante: a coisa surgiu por conta de uma tal Gangue do Dragão Negro, o time de bandidos de um seriado das matinês de domingo, parece que o do Fu-Manchu. O Atlético virou dragão rubro-negro. Esconjuro!

Sugiro para nosso símbolo um velho conhecido, o jaburu, ave branca com um grande papo vermelho e preto, cara feia, pernas fortes, voo calmo e sobranceiro. Vamos matar o fantástico dragão e sua gangue, arranjar uma camisa só nossa (a do Flamengo dá azar até pro Flamengo), e retornar à "primeirona".

Teremos um time com identidade e personalidade, para os bons e os maus momentos, para o que der e vier, "reeespeeita as cores (quais?) vaagabundo", "rédurrumo pau de fumo", Eia!, Sus!, um Atlético tão grande ou maior que o Atlântico, no qual se afogarão os nossos adversários. Enfim, um grande time.

E nem precisa ser nenhum Real Madrid, mas que seja um time que me faça parar de repetir a resposta sem graça, quando me perguntam se quem sofre do coração pode ir ao Estádio Serra Dourada. "Só pode se torcer pro Atlético. Assim não vai sentir nenhuma emoção e não tem perigo."

O Jaburu da Campininha nos fará vibrar e sofrer (mais vibrar, eu espero), e então poderei responder de um jeito diferente aos meus amigos gozadores: "Pode, mas se for torcedor do Atlético, é bom levar Isordil."

Haja coração!

A Doce Vingança dos Passarinhos

Eles ocupavam as cidades, nos tempos de antigamente. Construíam seus ninhos nas laranjeiras, nos pés de goiaba e nas jabuticabeiras que havia nos fundos dos quintais; enfeitavam as praças, alegravam a vida dos outros moradores.

Eram muitos e das mais variadas qualidades. Havia rolinhas, canários-da-terra, tico-ticos, caga-sebos, coleiras papa-capim e, na época das chuvas, apareciam os tizius, cantando e saltando das pontas dos mata-pastos que infestavam os terrenos baldios. Na máquina de limpar arroz, lá onde se jogavam as cascas, era a festa da passarinhada.

Foi lá que resolvi pegar o meu primeiro canarinho. Comprei a gaiola, emprestados um alçapão e o chama. Caiu um amarelinho, cabeça-de-fogo. Ainda me lembro da sua cabeça ferida nas trombadas contra os arames da gaiola.

– Melhor soltar esse amarelo e pegar um pardo. Passarinho novo fica manso mais depressa! – comentavam os mais experientes. Não soltei, e me arrependo.

Os pardais, trazidos da Europa, proliferaram e expulsaram os outros passarinhos; restaram apenas uns arredios colibris. Os "pássaros-do-telhado", que um comerciante português – conta a lenda –

introduziu no Rio de Janeiro no arremate do século XIX, reinaram absolutos por alguns decênios. Ultimamente, também os pardais quase desapareceram, e os antigos moradores estão voltando.

Dá gosto ver essa nova invasão alada daqui, da janela do meu quarto. São bem-te-vis, siriris, rolinhas fogo-apagou, caldos-de-feijão, puvis e pombas-do-bando. Um pontual magote de periquitos orquestra sua matinal algazarra nas árvores do quintal e, ano passado, uns anuns-pretos fizeram o seu ninho coletivo na macaúba, de onde os filhotes aprontavam infernal zoeira, reclamando aos pais sua ração de insetos.

Tem uma coruja que pia nas minhas madrugadas, adolescentes maritacas barulhentas que são visitas ocasionais e, se não estou ficando maluco, acabei de ouvir o piado de um quero-quero.

Pois não é que já flagrei um joão-de-barro, saltitante e faceiro, surrupiando bocados da argamassa que um pedreiro havia preparado pra fazer um conserto aqui em casa? Não sei se o traço estava a gosto do passarinho, ou se a massa estava muito forte para quem só constrói com argila, mas um joão-de-barro que mora vizinho do Clube de Engenharia, deve ser muito sabido e exigente com material de construção, eu penso.

Realmente eu deveria estar feliz com toda essa cantoria, com essa passarinhada que invadiu o meu quintal e alegra as minhas manhãs, mas, sei lá, estou ficando velho e tenho dificuldades para me acostumar com coisas que me incomodam.

Como, por exemplo, ver por detrás das minhas árvores o muro alto coroado pelos fios da cerca elétrica, os sensores do sistema de alarme instalados na varanda, e, o que é pior, ver tudo isso através das grades de ferro que mandei colocar nas janelas daqui de casa.

Dia desses, fiquei a remoer besteiras quando um cabeça-de-fogo, cópia do meu primeiro canarinho, estralou a sua vingança em desconcertante sinfonia. Ele estava todo gabola, livre, a trinar lá nas grimpas do meu pé de cajá e eu aqui, fechado no escritório.

Confesso, cheguei até a pensar que, agora, quem vive preso em gaiola sou eu.

A Venerável Confraria dos Ladrões

Quem já viu, apontada para o seu rosto, uma "nove milímetros" dançando nas mãos trêmulas de um quase-adolescente tão ou mais nervoso que o próprio assaltado, deve sentir saudades daquele tempo cheio de romantismo, em que os ladrões eram especialistas, galantes e, sobretudo, éticos.

Nada de violência contra a vítima. Bons tempos em que roubar era uma arte, em que os ladrões, envergonhados de sua situação – embora orgulhosos de sua competência –, pareciam prontos ao arrependimento. Puro fingimento. Regenerados, poderiam livrar-se do eufemismo pelo qual eram conhecidos: devotos de São Dimas, o bom ladrão do Calvário, santificado em vida e sem intermediários.

Que saboroso e rico era o vocabulário das colunas policiais e dos boletins de ocorrência, o jargão com que repórteres, redatores e escrivães designavam as várias especialidades dos amigos do alheio.

Tinha o *ventanista*, que entrava pelas janelas para roubar; o *descuidista*, que se aproveitava da distração dos otários; o *punguista*, batedor de carteiras que tinha habilidades de prestidigitador e que era o terror dos caipiras, dos romeiros e dos viajantes de trem, e ainda o *espadista* ou *mioleiro*, que abria fechaduras "tetras" e "yales" sem lhes danificar o mecanismo e que abominava ser confundido com o *arrombador*, um ignorante abrutalhado armado com pé de cabra.

Havia ídolos, verdadeiros ícones que mereciam grandes reportagens e eram assunto de rodas regadas a Nigers e Pilsen Extras e enfumaçadas por Colúmbias, Odaliscas e Douradinhos Extra.

Um deles era Gino Amleto Meneghetti (ou seria Amleto Gino?), que aterrorizou a provinciana São Paulo. Aqui, em Goiás, fez fama um certo... (juro, esqueci-lhe o nome), famoso jogador de baralho, ledor das cartas com extraordinária competência e exímio limpador de "patos". É folclórica uma sua passagem em Ribeirão Preto, onde se apresentou como fazendeiro em Goiás, apareceu num cassino clandestino fazendo-se de besta, perdeu durante vários dias na cacheta e, numa noite só, aprontou um limpa geral na turma de doutores. E só batia com as dez. Às vezes, também dava uma de vigarista.

Esse era o verdadeiro artista do crime. O vigarista tramava o seu conto – do paco, do bilhete, do "achadinho" – e o aplicava em uma "vítima" quase sempre mais desonesta que o próprio malfeitor. Muitas vezes o otário nem podia dar bandeira; permanecia calado e nem apresentava queixa, para não ser ridicularizado nas delegacias.

Muito se engana quem pensar que estou aqui a fazer a apologia do crime; simplesmente quero constatar a substituição da arte pela violência, deplorando tanto uma quanto a outra.

Agora quase só existem assaltantes na venerável confraria dos ladrões e, além deles, os engravatados de colarinho branco, especialistas em assaltar os cofres da Viúva. Estes cometem violência ainda maior: roubam à Nação a esperança e a dignidade e devem ser discípulos de Gestas, o mau ladrão, o que não se arrependeu nem na hora da morte.

Gestas fez escola, embora não me pareça ter sido ele o responsável pela origem das palavras gestão e gestor, tão utilizadas nos diferentes estratos da administração pública. Eu suponho.

Cachorro de Cronista

Parece que todo cronista tem um bicho de estimação que, entre outras qualidades e serventias, socorre o dono quando falta inspiração.

O prazo do jornal está apertando e não chove, passarinho não canta, nenhum livro bom pra comentar e, com o pensamento fugidio, o assunto vasqueiro ou, na falta dos dois, a solução é apelar para o cachorro, o gato, a cacatua ou o jabuti. (Atenção pessoal do Ibama: jabuti aqui é licença literária. Pessoalmente não conheço nenhum cronista, aquém ou além-Paranaíba, que tenha algum desses quelônios ou qualquer outro animal da fauna nativa em cativeiro, e estamos conversados.)

Aqui em casa mora o Popó. É um cachorro da raça, digamos, daqueles que, quando eu era moleque lá na Vila Coimbra, chamava de "paqueiro"; depois, adolescente comunistoide universitário, eu arriscava Basset e agora, metido a besta intelectualizada, escrevo Dachshund, que é como o veterinário dele escreve na receita – Dachshund Popó –, só faltando o Sr. Doutor antes do nome.

Alguém poderia objetar que, em casa de médicos, um cachorro de pedigree tão importante não deveria ter nome de lutador de boxe ou de meia-esquerda aposentado. Eu afirmo que pode, porque o nome dele, o próprio, é Hipócrates, e Popó é tão somente o apelido carinhoso que acabou pegando. Quando alguém fala com ênfase, Doutor Hipócrates, dá pena ver o pobrezinho ganindo, rabo entre as pernas, imaginando a bronca que vai levar.

É preciso dizer que mascote de cronista é considerado o bicho mais inteligente do mundo, e o Popó não pode ficar atrás, por exemplo, do Antão, a anta fujona do Ursulino Leão, do periquito briguento do Gabriel Nascente, do jegue que o João Ubaldo cria lá na Ilha de Itaparica ou, com o devido respeito, da finada cadela do Cony.

É claro que eles são cronistas muito mais competentes do que eu, mas mascote melhor que o Popó ninguém tem, teve ou terá. Garanto e posso provar: Popó é um gênio. Dissimulado, finge não me ver quando marca o seu território, fazendo xixi nas pernas das cadeiras, e aprendeu a fazer cara de choro quando leva bronca por conta desse hábito feio e anti-higiênico.

Pois não é que o danado aprendeu a chupar coco? Explico: no quintal do meu vizinho tem um pé de macaúba – coco-xodó, pra quem é lá do Norte –, e os cocos maduros caem no meu quintal. Comecei a encontrar uns cocos chupados e, como não temos mais crianças em casa, fiquei intrigado até o dia em que vi o Popó descascar uma macaúba no dente, mascar a polpa com cuidado e cuspir fora o caroço rapado.

Alguns dias depois, o Cipriano veio cuidar do jardim e ficou admirado com tanto caroço de coco no meio do gramado.

– Moço, quem é que gosta tanto de macaúba nessa casa?

– O senhor pode não acreditar, mas é o Popó. Ele aprendeu a chupar coco. Bicho inteligente taí, Seu Cipriano!

– É, com efeito! Cachorro de hoje anda mais sabido que gente do meu tempo. Mas eu acho que se o senhor der um pouco mais de comida pra ele, essa inteligência acaba e ele larga de mão desse negócio de chupar coco. Quer apostar?

A Flor do Guernica

Era uma manhã fulgurante de primavera e eu estava cansado de andar a pé. Tinha resolvido ir ao Reina Sofía, teimando em ignorar os cinquenta e uns que me doíam nas pernas e sem me dar conta de que os dezessete que eu, na minha cabeça, imaginava ter, eram tão somente a conta da insensatez. Quanta imprudência! Madri é uma cidade grande, e eu já não sou mais nenhum garoto.

No museu, fiquei perambulando pelas salas, imaginando a angústia dos jovens pintores da Espanha – imaginem, concorrer com gênios como Goya, Miró, Picasso –, e, depois de admirar uns relógios derretidos de Dalí, avistei o Guernica, razão da minha matutina odisseia.

Impossível descrever o assombro. Eu estava diante de uma tela de quase trinta metros quadrados e, apesar da fraca iluminação, era possível perceber todos os seus detalhes. Fiquei extasiado com a visão daquele imenso painel monocromático que mais parecia uma ilustração de jornal (sempre me intrigou o fato de, do Guernica, só conhecer fotos em preto e branco).

Ao meu redor agitava-se um bando de adolescentes, e, antes que eu me respondesse a que eles estavam ali, uma senhora exigiu atenção e silêncio. Era uma professora a reunir seus alunos e, naquela manhã, testemunhei uma maravilhosa aula sobre o quadro e seu autor.

Após uma meia hora de deslumbramento, em que aprendi sobre surrealismo, planos e diagonais e o que significavam o touro, o cavalo, a mulher e o filho morto, a espada partida, a lâmpada, a pintura em uma única cor, percebi que a aula estava chegando ao fim. A professora ficou alguns segundos em silêncio e disse:

– Agora, por favor, eu gostaria que alguém me mostrasse a flor.

Os alunos se entreolharam e, como ninguém arriscasse uma resposta, a professora apontou próximo à espada, brotando do chão de Guernica, uma flor singela, minúscula, ridícula, e arrematou:

– Ela é a síntese de tudo, ela representa a esperança.

Muitas vezes revivi aquela aula e lamentei que, aqui na nossa terra, os meninos não pudessem aprender como os de Madri. Faltam-nos museus, bibliotecas, monumentos, além de um pouco mais de interesse pela nossa história, pelas nossas tradições.

Mas, na semana passada, num ensolarado final de manhã, quando voltava da Faculdade de Medicina, resolvi entrar pela pista interna da Praça Universitária e acabei vítima de um engarrafamento. Foi aí que avistei um magote de crianças uniformizadas, provavelmente alunos do primeiro grau, ao redor de uma das esculturas da praça. Sobre o pedestal, abraçada ao bronze, uma jovem professora apontava detalhes; as crianças, boquiabertas, encantadas, pareciam observar um presépio.

Um carro buzinou atrás e eu, preso em alegria e distração, nem percebi que estava atrapalhando o trânsito. O apressado insistiu e não havia lugar onde eu pudesse estacionar.

Outros buzinaram, alguém praguejou, tive de ir embora. Hoje ninguém mais pode esperar, não se pode perder tempo neste mundo onde quase todos já perderam a esperança.

E eu reencontrei a minha. Vim para casa com a certeza de que, entre aqueles meninos que se amontoavam no gramado da praça, assistindo a uma aula sobre escultura, eu tinha conseguido rever a minúscula flor do Guernica.

Minha Vida de Músico

Para Getúlio Pereira de Araújo

Sou o cidadão mais desafinado do mundo; desafino até para ouvir. Às vezes, o artista está cantando direitinho, ou tocando o instrumento dele com a maior competência, e eu na plateia remoendo: tá errado, desafinou. Nunca fui bafejado pelas musas; Euterpe nem deve gostar de mim.

Não foi falta de bons professores; eu é que não levo jeito mesmo. Jovem, arrisquei uns solos pós-dodecafônicos, atonais ou antimodais, tentando sobrepor meu dó de peito aos uivos da turba empenhada em solfegritar em etílicas sinfonias, com resultado pífio e aterrador. Foi mal. É que a minha iniciação musical foi traumática, vejam só.

Antigamente, em Goiânia, fazia frio e a coisa pegava pra valer no final de maio, época da Pecuária, e ia até meados de agosto, mês seco e espraguejado, tempo de vaca magra e cachorro louco. A praga dos senadores biônicos veio depois.

Eu estudava no Lyceu, no período vespertino, e a ginástica era às sete da manhã; morando longe, tinha de me levantar às cinco. Para fugir do suplício do vento gelado nas canelas, astuciei entrar para a fanfarra, que ensaiava depois das aulas, à noitinha, e assim me livrar da ginástica, além de conseguir *status* de músico.

Instrumentos eram poucos. Mestre Uchoa, o regente, encontrou umas cornetas esquecidas no forro do depósito, convocou os novatos e me entregou uma corneta em Si, descascada e sem bocal. Comprei um bocal na Karajá, na pracinha do Mercado Central e comecei a ensaiar. Meus incisivos em desalinho produziram duas úlceras no lábio superior e a embocadura defeituosa sepultou minha carreira de trompetista, para sorte de Chet Baker, Miles Davis e Winton Marsalis.

Com medo de ser dispensado da fanfarra – eu não conseguia, e nem sabia tocar nada –, confidenciei ao Ciro Palmerston, nosso melhor corneteiro, um craque no "toque de Caxias", a minha angústia.

Cirinho, o poeta que extravasava bem-quereres e cuja generosidade sempre foi muito maior do que ele, botou a mão na minha cabeça (literalmente) e disse:

Deixa comigo, baixinho!

E lá se foi ele a cochichar com os veteranos. Na hora de entrar em forma, Ciro me chamou e apontou:

– Você fica aqui na primeira fila, ao meu lado. Vai fingindo que está tocando. Se o Uchoa chegar perto, sopre uma nota qualquer, mas o melhor é não tocar nada pra não atrapalhar a gente.

Dito e feito. E sem saber nada de música, e menos ainda de tocar corneta, fiquei sendo um dos mais assíduos integrantes da nossa gloriosa banda marcial, livre de bater queixo nas quase-madrugadas da Goiânia-menina, de tremer de frio nas aulas de educação física dos professores Bento e Felicetti (hoje, se tremo é saudade), e de tanto treinar acabei aprendendo a tocar alguma coisa.

E minha carreira foi longa e venturosa, mesmo eu tendo sido o primeiro dublador de corneteiro da fanfarra do Lyceu.

A Falta que Ele nos Faz

Éramos estudantes universitários, o AI-5 ainda não tinha sido editado e o 477 não ameaçava ninguém, mas prudência, caldo de galinha e conselho de avó, como todos sabem...

Na impossibilidade de intentar agitações políticas, líamos na *Ultima Hora* os artigos furibundos da turma do Samuel Wainer desancando a "Redentora" e, pra falar a verdade, a gente gostava mesmo era da coluna do Sérgio Porto, o Stanislaw Ponte Preta, reapelidado Lalau, quase sempre enfeitada com uma belíssima mulher, a "certinha".

Pra ser certinha do Lalau tinha de ser gostosona, coxuda, corpo de violão, vedete do teatro rebolado e deixar-se fotografar em um biquíni minúsculo para os padrões da época. Badaladíssimas, tinham até torcida organizada.

Mas o néctar estava no texto bem-humorado, agudo, perspicaz, do atento observador e intérprete daqueles tempos sombrios e politicamente incorretos, no bom e no mau sentido.

Stanislaw descreveu, com ironia, um gaiatíssimo movimento social, político e filosófico que balizava a vida da nação, o Febeapá – Festival de Besteira que Assola o País. Era a vitrine dos desatinos de políticos, intelectuais e assemelhados, e norteava as rotas hilárias que a nau brasileira parecia cursar rumo ao seu inevitável naufrágio.

O Febeapá se manifestava em todos os lugares e instâncias e tinha até um hino, o Samba do Crioulo Doido, composto pelo próprio Lalau. Sérgio Porto morreu em 1968; o Febeapá continua aí, firme até hoje. Quem prestar atenção no que está ocorrendo na corte, em Brasília, verá que tenho razão.

É ver uma coleção de equívocos, de trombadas e de maracutaias no jogo parlamentar pra ninguém botar defeito. Tem o rolo do Waldomiro Diniz, o abafa das CPIs, a mensagem propondo regulamentar os bingos, a medida provisória proibindo, o arranca-rabo com o STF, a genuflexão ao morubixaba maranhense, um zero à esquerda na fome, um avião novinho em folha, um único primeiro emprego, a proposta já ridicularizada de aumento na alíquota do INSS e até ministro desmentindo ter mandado outro à pqp, e com o epíteto de vagabundo, ainda por cima.

Em passado recente, ministros dançavam bolero de rosto colado e resolviam suas diferenças entre lençóis. Era ridículo, mas, convenhamos, mais civilizado.

Mais presente do que nunca, o Febeapá está aí, bagunçando Pindorama e à espera de um novo cronista e relator. A tarefa é gigantesca, e o cronista de província apenas lamenta a falta que Stanislaw Ponte Preta nos faz. Se ele ainda estivesse por aqui, a turma do "pudê" ia piar fino, e nós nos encantaríamos com novas "certinhas", que não seriam essas modelos desnutridas, magrelas, desbundadas, peitossiliconizadas; seriam mulheraços do calibre de Virgínia Lane, Íris Bruzzi, Marivalda...

Ah, a Marivalda. Que saúde! Lalau, que saudade!

Negócio de Cavalinhos

Para Moacyr Scliar,
fundador do MSN (Movimento dos Sem-Netos)

O menino chegou da escola e, na mesa do almoço, encarou o pai que recentemente havia comprado um sítio, sapecando de surpresa:
– Pai, compra um cavalinho pra mim.
– Cavalinho?
– É pai, um pônei. Meu colega ganhou um.
– E onde é que se compra pônei?
– Na Pecuária. O meu colega me contou.

Sábado de manhã, lá se foram os dois pras bandas da Nova Vila. O parque de exposições era uma babel de vendedores de quebra-queixo, churrasquinhos de gato, churros *del Uruguay*, bolas de plástico, compradores de gado, neloristas, peões, tratadores, trituradores etc., mas cavalinhos...
E ao primeiro que passou com jeito de fazendeiro:
– O senhor sabe onde se vendem cavalinhos? É, pôneis. Lá no fundo, perto dos currais de embarque? Muito obrigado.
O vendedor, vestido à gaúcha, esganchado na última tábua da cerca, espargia ordens em dialeto sulino a dois auxiliares que se misturavam à minitropa, apartando os escolhidos.

– Quero aquele, pai, aquele pintado de marrom.

– O quê? Pintado de marrom? Primeiro que não é pintado, é pampa, e também não é marrom, é castanho. Fica bonzinho aí, ô peão, e vê se não me envergonha.

O cavalinho, apartado e devidamente encabrestado, veio costeado para fora do curral.

– Belo tobiano! O piá tem gosto. Esse animal foi reservado-campeão em Uberaba e Passo Fundo. O senhor pode se tornar um criador! – e falou o preço, dinheiro pra comprar automóvel de luxo.

– Melhor escolhermos outro. O senhor não tem um mais barato? Todos são? Meu filho, vamos comprar um menorzinho, vai ser amansado a seu gosto. Ah, são todos mansos? Vamos pensar e amanhã a gente volta. Até!

No domingo, após uma noitada de negociações, o menino, com pretensões mais modestas e o pai, mais aliviado, retornaram.

O vendedor estava de pouca conversa; atendia outros fregueses e dizia ao pai, com desdém, o preço dos animais apontados, como se soubesse que dali não ia sair dinheiro. Após uma meia dúzia de informações, regateios e negativas, e tentando resolver o impasse, ele interpelou o garoto:

– Menino, tu tem avô?

– Tenho sim: dois!

– Então leva esse pai embora e me traz um dos dois aqui. Tchê, me desculpa! Estou nesse negócio de cavalinho há vinte anos e aprendi – pai não compra pônei. Quem compra pônei é avô, entendeu?

P.S. – Ano que vem vou comprar um.

P.S. do P.S. – Comprei!

Por que Escrevo Pouco

Volta e meia recebo uma cobrança, e muita vez fico sem saber o que o cobrador está querendo dizer nas entrelinhas.

– Você está escrevendo pouco, cara. Publicou um livrinho só, no século passado, e as suas crônicas são mais incertas que chuva em agosto. Que é isso? Preguiça de escritor?

– Preguiça mesmo, você acertou. – E lá vou eu aproveitando a deixa e desviando o assunto, "Calorão, hein?", não querendo confessar, de peito aberto, a minha dificuldade em colocar no papel os textos vazios, malcriados na minha imaginação.

Também fico encabulado quando alguém me chama de escritor. Sou acanhado, mofino, e no flagrante, envermelho. Fico com medo de que confundam esse meu envergonhado rubor com o grandor dos imortais; desconverso e fico mais vermelho ainda.

Sei o quanto é difícil escrever, eu que já amarguei muita nota vermelha no colégio por conta de escritos apressados, de conteúdo escasso e vasqueiro e desprovidos do rigor formal, segundo os comentários que os mestres apunham à nota degradante.

Por isso escrevo pouco. Fico tempão caçando uma palavra, com receio de trocar equestre por equinocial, consultando *aurélios&huais*

e a tábua de salvação que é o dicionário analógico do Professor Ferreira. Encontro a danada da palavrinha, agarro-a pelo pescoço e, se tivesse à mão prego e martelo, sapecava nela um 17 x 21 e a pregava no meu texto, para ela não me escapar. Acertava, de quebra, uma martelada no dedo: esquecer, nunca mais.

É que a palavra certa é arisca, esperta, fugidia, velada como diamante em cascalho e formas, e garimpá-la é ofício incerto e trabalhoso. A palavra que chega errado ao texto é enganosa, ardilosa, falaz, e gruda no papel como visgo em pé de passarinho. E como é difícil fugir dela!

Ela fica ali no computador, escondida feito vírus, e, por mais que você a delete, ela ressurge na primeira impressão. Isso acaba gerando um mal incurável que antigamente era conhecido como "a maldição da pena".

Nos tempos da Tinta Sardinha – e muito antes –, quando a arte de escrever incluía a caligrafia, o mau escritor, encandeado pela palavra torta, ficava passando sobre ela a pena seca, incapaz de seguir adiante. Acabava adquirindo uma lesão por esforço repetitivo na articulação que emenda braço e antebraço, além de quase morrer de inveja dos que escreviam bem.

Por isso escrevo pouco. Não é perfeccionismo nem mania de imitar os mestres, invejando nos seus escritos a exatidão das palavras, a singularidade da ficção, a objetividade das personagens, coesão e coerência textuais. É que respeito os meus raros leitores e não quero afrontá-los, por incúria ou desídia, com diatribes, falácias, sofismas e garatujas.

Por isso escrevo pouco: para errar menos, escapar da "maldição da pena" e não ser mais um "escritor" a passar o resto da vida com dor de cotovelo.

Apelidos

Quem diz não ter apelido não sabe como é chamado às esconsas, ou tem vergonha de revelar o seu. Apelido pode ser deboche ou carinho, pode apartar ou criar xarás (tem gente com nomes diferentes e apelido igual), substituir nomes complicados, determinar gentílicos e patronímicos.

Apelido se pega na escola. É só falar uma besteira na aula e pronto, tá carimbado. Se a gente achar ruim é pior. Aí o epíteto (apelido de apelido) pega mesmo. E tem o de berço: pegou não solta mais. Olha só o tanto de Seu Neném e de Dona Neném que a gente conhece. Adivinha onde foi que pegaram os seus?

Aqui em Goiás, temos o sinal de propriedade, que o cidadão adquire quando se casa, passando a ser um dos pertences da mulher.

– Viu o Zé?
– Zé, que Zé?
– Zé de Dora.
– De Dora?
– É, Zé de Dora de Sô Quim de Filó.
– Vi não.

Traduzo. José, marido de Doralice, filha do Senhor Joaquim e de Dona Filomena, entendeu?

Nas minhas andanças por esse mundão, já ouvi todo tipo de apelido, mas teve um realmente inesquecível.

Foi o Major Trajano – major também era apelido –, criador da mais completa classificação de mulher bonita que eu já ouvi (as de "fechar o comércio", as de "esquecer o assunto" e as de "tremer o chão", em ordem crescente de beleza e afrontamento), quem contou e atestou a veracidade da história do Seu Juca.

Seu Juca era comprador de gado na região de Pains, famoso e considerado por ser de poucas e firmes palavras, ou melhor, homem de uma palavra só. Vendido o gado, ajustado o prazo do pagamento, o vendedor podia assumir compromissos, que o do Seu Juca nunca "lencava". Mas o nome próprio do Seu Juca ninguém sabia.

Um dia, precisando de uma testemunha para uma escritura, o tabelião saiu à porta do cartório e deu de cara com o Seu Juca.

– Tardes, Seu Juca. O senhor pode ser testemunha aqui numa escritura?

– Tardes, seu escrivão. Com prazer.

– Qual é o nome completo do senhor, para que eu possa anotar no livro competente.

– O senhor não vai acreditar se eu disser. É melhor copiar aqui do meu documento. E estendeu a carteira.

O escrivão, calado e sério, estatelando os olhos por cima do pincenê, anotou com sua elegante cursiva o nome quilométrico: José Aristydes Tupy Tupynambá Jary Paryguaçu Tupyndaia Ribeiro de Lima Vulgo Seujuca.

Era apelido não senhor.

O Nome do Lugar

No Brasil Colônia as cidades já nasciam com nomes respeitáveis: botavam o nome do santo a quem dedicavam a primeira capela junto com o de um acidente geográfico qualquer e pronto – estava criado o topônimo.

Surgiram alguns nomes simpáticos, às vezes até poéticos. São João d'Aliança, Santa Rita do Paraíso, São Sebastião das Águas Claras, Sant'Anna de Maxambombo são bons exemplos, mas, por falta de controle na escolha das denominações geográficas, apareceram algumas excentricidades, como Santo Antônio do Urubu de Cima (com direito ao respectivo do Urubu de Baixo) e até uma Vila do Espírito Santo da Forquilha, antigos nomes de Paratinga, na Bahia, de Propriá, em Sergipe, e de Delfinópolis, nas Minas Gerais.

Hoje em dia, se alguém sair por aí procurando lugarejos, entroncamentos, povoados ou corrutelas que ainda não estão no mapa, vai se divertir com os nomes caricatos com que são chamadas as futuras urbes, muitas vezes a contragosto dos seus moradores.

Tem Quiabo Assado, Pendura Saia, Cacete Armado, Raiva, Pirraça, Paletó Rasgado, Precata Velha, Goela Seca, Puxa Faca e outros nomes ainda mais estapafúrdios, alguns impublicáveis. E, mal o lugar deixa de ser parada para esvaziar bexiga, aparece um político querendo alçar a comuna à condição de município, termo ou comarca, com pretensões a futura capital de novo Estado a ser criado. Pra começar, distrito também serve. Urge, então, arranjar um novo nome, e aí aparece a profusão de -*polis* e -*ânias* de endoidecer qualquer um.

Já saiu muita briga por conta desses apelidos, e, até hoje, é sempre bom tomar cuidado pra não ofender a gente do lugar. Em Araguapaz tem cavalo de qualquer cor, menos "queimado", e em Aragoiânia os biscoitos são sempre macios, ainda que fabricados há mais de mês. Falar "cavalo queimado" ou "biscoito duro" nesses lugares é, no mínimo, falta de educação. Volta e meia um descuidado é pego no contrapé.

Há muitos anos, dois desajeitados negociantes de tourinhos zebus iam de Ceres para Rubiataba pela antiga estrada de terra. Chegaram a uma venda, na entrada de um povoado, e um deles se dirigiu a um senhor com cara de poucos amigos e que esfregava uma lapa duma peixeira numa pedrinha de amolar:

– Sim sinhô!

– Sinhô sim!

– Amigo, tam'indo pra Rubiataba e tam'perdido. O tal do Quiabo Assado tá pra diante ou ficou pra trás?

– Nempadiant'nempatrais. Ói moço, tem gente que chama isso aqui de Quiabo, mas nóis num gosta não sinhô (e apontando com a peixeira). A estrada é essa memaí ó, em frente. E o sinhô fique sabendo que o nome daqui agora é Ipiranga, viu. Vaicundeus!

– Ficundeus! – E seguiram os dois, em paz e silêncio, agradecendo a informação e o conselho.

Como Deus é servido.

O Silêncio Barulhento das Ruas

Quando as ruas eram quase silenciosas e os raros automóveis que passavam eram conhecidos pelos nomes dos seus donos, as pessoas pareciam falar-se muito mais. Conhecidos se cumprimentavam, desconhecidos saudavam-se sorridentes e velhas solteironas, acotoveladas em janelas, noticiavam, com prazer, a vida alheia. O meu compadre jurou que nessa época era contínuo no Banco de Crédito Popular.

– Contínuo? Conversa de velho, ô meu! Agora é *office-boy*, oficibói, entendeu?

– Eu me lembro do banco do Seu Renato, descontei um cheque lá, mas você já era caixa. Era um dinheiro que meu pai me deu pra emplacar minha bicicleta.

– Emplacar bicicleta?

Assim era a Goiânia no final dos anos cinquenta, começo dos sessenta, século passado, pois não. Taxista era chofer de praça, as lambretas tinham uma campainha que se tocava com o pé e na Rua 8, depois da matinê do Casablanca, todo mundo se reunia no Lanche Americano ou no Acapulco. *Sundaes*, *marshmallows* e sanduíches, ninguém ligava pra álcool, alguns aprendendo a fumar, calças de boca apertada, camisa aberta no peito e com uma dobra na manga;

éramos assim, e com topete a Elvis, que os quatro rapazes de Liverpool ainda estavam ensaiando pra tocar no Cavern Club.

Reza o folclore que o chefão da DOPS, delegacia que no tempo da democracia pré-64 era de "ordem política e social", chegava na 8 com umas laranjas e as jogava por dentro dos cós das calças da pleiboiada. Se a laranja não caísse no chão e ficasse entalada na perna, além da calça descosturada, o "elemento" perdia o topete, cabeça raspada a zero. Nunca vi ninguém careca, a não ser os calouros das universidades; era intriga da oposição, rastro de onça!

Nas manhãs, as ruas em torvelinho testemunhavam os pregões:

– Gaá-rraaafeiro! Amoo-ladoooor! Queé-bra-quêixou! Olha o cacau; caacau do baiano! Buzinas de padeiros, leite entregue em garrafas de vidro e uns meninos com umas tábuas cheias de furos, repetindo nas portas dos Grupos Escolares:

– Olha o pirulito! Enrolado no papel, espetado no palito! Quem comprar fica bonito, quem não comprar fica esquisito. Mamãe eu quero, papai eu grito se não me der um pirulito!

– Pií-colé, potí-sorvetee!

Eram tantos os gritos das gentes, tantas eram as vozes que se ouviam a quebrar o silêncio das ruas, naquele tempo em que as pessoas, e não as máquinas, eram as donas da cidade. Muita saudade, mas nenhuma igual à do grito dos jornaleiros.

– Foô goiá! Populá! Jooorná notí diô! (*Folha de Goiaz! O Popular! Jornal de Notícias*, de hoje!). Às segundas-feiras – Uciiinn codimá! (*O Cinco de Março!*).

A conversa estava ficando boa quando concluímos que seria prudente a gente ficar só com a saudade. Na metrópole barulhenta e infernal de hoje, se alguém gritar na rua, dificilmente será ouvido e ainda corre o risco de um outro se incomodar e chamar a polícia pra prender o maluco. Perdemos as ruas, a cidade; as máquinas nos venceram. O barulho das ruas é o nosso silêncio. Somos surdos, mudos, saudosos e, quem sabe, tristemente vivos.

A Última Buraqueira

Fiquem tranquilos os políticos descuidados: não escrevo sobre estradas mal conservadas, ruas enlameadas nas periferias das metrópoles, caminhos perdidos nos ermos desses gerais de meu Deus. Até porque essas buraqueiras mal-afamadas nunca acabarão. Sempre haverá uma chuvarada de inverno antes e depois de cada veranico, uma pavimentação malfeita e superfaturada e um administrador incompetente a lhes garantir a perenidade.

Estou falando de codornas, das quase extintas codornas, e em especial das codornas-buraqueiras, as miudinhas, de voo rápido e imprevisível, que desafiavam a nossa deficiente pontaria.

Sou de uma geração que achava certo fazer o que hoje é ecologicamente deplorável – caçávamos passarinhos. Filhos e netos de italianos, aprendíamos que o gosto pela caça era uma virtude, e gastávamos noites memoráveis a discutir o faro e as habilidades de *Pointers*, *Setters* e *Braccos*, e a avaliar a leveza, a precisão e a segurança de uma Rossi, de uma Boito, ou do nosso sonho de consumo – uma Beretta calibre 20, dois canos, mocha, trava automática, pombo de prata. Desconhecíamos as Perazzi e as Perugini & Visini.

Os caçadores, felizmente, estão aposentados; fomos extintos antes de nossas vítimas. Há anos não ouço um tiro de espingarda quebrando a mansidão bucólica das pastagens ou ribombando nas quebradas ignotas das profundezas do que era sertão. Mas também não ouço mais o piar das buraqueiras, e nem as vejo no final da seca, nos rapados pastos de jaraguá, com as penas molhadas da primeira chuva, a exibir sua elegância de guerreiro massai em dia de festa.

Que fim levaram as codornas se nem as vejo mais, mortas, esmagadas no chão das rodovias? Por certo não as mataram caçadores ou motoristas descuidados.

Desconfio dos agrotóxicos. Para quem passa a vida a correr atrás de insetos, encontrá-los entontecidos por carbamatos e fosforados parece uma dádiva – perigosa, venenosa e mortal.

Dia desses acho que vi uma codorna. Foi muito rápido, eu estava dirigindo, nem sei se era uma buraqueira. Talvez fosse a última. "Poetas, seresteiros, namorados, correi..."

A morte da última buraqueira não será anunciada com uma salva de tiros. Nem um único tiro se ouvirá; ocorrerá em silêncio e sem testemunhas. Morre a codorna que come o inseto envenenado, o furão que, depois, come a ave e o urubu que devora a carniça do furão.

Ainda bem que não comemos urubus, dirão alguns. O que me preocupa é que talvez não reste um único deles para devorar a carcaça do último homem.

O homem que morrerá solitário, na imensidão do deserto que, em nome de um tal progresso, insistimos em construir.

Da Percepção Gustativa dos Peixes

A turma costumava programar umas pescarias mal-arrumadas, realizadas nos ribeirões da região que hoje chamamos "periferia da metrópole". Era ir e voltar no mesmo dia, de carona ou de ônibus, qualquer dos dois era bom.

As reuniões preparatórias eram animadas a batida de limão e quem bebia mais e se descuidava, além da ressaca, ficava com a lista de providências. A que tocou para o Mané, era assim:
– pinga, uma garrafa (com rasura para duas)
– um maço de EF, com filtro
– um de Fulgor Ovais
– salame
– pão francês
– salsicha em lata
– minhocas.

O Mané preparou tudo com cuidado e, antes da saída, apresentou o "quantum" que tocava a cada um, precaução contra futuros dissabores e constrangimentos.

Partiram na madrugada.

Lá pelas dez da manhã, adiantada a pescaria, alguém chamou para o lanche e o Mané, acabrunhado, foi se desculpando:

"É, hoje não tem pão."

"Não tem como? Eu vi na conta."

"Tinha, não tem mais, joguei fora", e cuspiu duas vezes, fazendo cara de nojo.

"Méquié?"

"Eu explico. Arranquei as minhocas e coloquei numa lata de azeitona. Fechei a tampa e embrulhei com jornal." Cuspiu, fez cara feia, cuspiu e continuou. "Coloquei tudo na sacola, pinga, pão, salame, minhoca (cuspe, cuspe), e aí aconteceu."

"Aconteceu o quê?"

"Justo quando perdi uma corrida de piau (cuspe), lembrei que estava com fome e resolvi comer um pedaço de pão (cuspe). Na segunda mordida, o pão amargou, olhei o pedaço que estava na minha mão e (cuspe, cuspe) tinha uma metade de minhoca lá dentro. As fedamãe fugiram da lata e entraram no pão. Que nojo, que gosto ruim (cuspe), nem pinga resolve."

E o resto da história foi abafado pelas gargalhadas da turma. Às vezes, meio sufocado, um dizia, "comeu minhoca, o Mané comeu minhoca." Por fim, um gozador perguntou:

"E foi bom pra você, meu nego?"

"Bom uma merda. É amargo pra... pra burro, amargo demais da conta." Cuspiu mais duas vezes e completou, já antecipando a pose de futuro doutor em Biologia:

"Mas, pensando bem, cheguei à conclusão que os peixes não sentem o sabor amargo. Só assim se pode explicar a utilização de minhocas como isca."

E nada mais disse nem lhe foi perguntado.

Pequena História Oriental

Um aldeão, homem simples que vivia em humildade, desejou o poder. Disseram-lhe que os poderosos se reuniam na capital da província em um conselho de dignitários, onde só tinham assento os guerreiros, os proprietários e os sábios.

Como era apenas um camponês e não possuía terras, palácios, bancos ou navios ao mar, e tampouco desejasse ser guerreiro, pois isto significava conhecer as artes da guerra e principalmente matar (embora eventualmente significasse morrer), o pobre homem resolveu tornar-se um sábio, o que lhe garantiria a primazia entre os antigos iguais.

Procurou um mestre – que obviamente era um sábio – e perguntou-lhe como um filho do povo poderia chegar ao poder.

– Dedique sua vida a estudar, disse-lhe o mestre. Abandone todas as outras ambições; procure apenas o saber. Quando se julgar preparado, volte. Talvez eu possa ajudá-lo.

Mais de dez anos depois, seguro de seus conhecimentos, procurou o mestre e dele ouviu:

– Há séculos um monstro aterroriza o nosso povo. Mata crianças no ventre materno, e homens valorosos por sua causa se matam.

Ele habita os sete céus e os sete infernos e, como escarnece do tempo, pode estar em todos os lugares no mesmo instante, e como tem muitas formas, vez afigura um deus, vez um demônio. Ninguém nunca lhe viu a face; chamam-no Utrim, Traodonte ou Barrath. Ele é o seu destino.

Muitos anos laborou o pobre homem até que, do monstro, conhecesse todos os atributos, exceto a face, pois nunca conseguira depará-lo. Desenvolveu projetos e dominou métodos para submeter o Utrim, para afugentá-lo, aprisioná-lo em urnas de chumbo, em vasos de cristal selados com âmbar, ou até mesmo matá-lo e que armas utilizar.

Foi acolhido entre os sábios e passou a pertencer ao conselho. Lá pontificava com sua extraordinária sabedoria, com sua decantada coragem, e se consagrava em incontáveis debates, nos quais discorria sobre a natureza humana, demiúrgica ou divina do monstro, suas incontáveis vidas e configurações.

Não destruiu o monstro nem tentaria fazê-lo. Prisioneiro de um mito, percebeu – pois agora era um sábio – que somente a existência do improvável Utrim poderia justificar a sua inclusão entre os poderosos. Amealhou discípulos e seguidores, jovens ambiciosos também dispostos a perseguir quimeras.

Envelheceu sem saber se era temido ou respeitado: isso pouco importa quando se tem o poder.

O Utrim há muito não atormenta a nação que abriga entre seus sábios o único homem capaz de matá-lo. Alguns até acreditam no desaparecimento do monstro; outros justificam as epidemias e as crises econômicas como aspectos de sua transfiguração.

Ninguém contesta o sábio, a não ser uns desocupados irreverentes que passam as noites se embriagando de poesia, e as tardes a inventar piadas sobre esse notável homem e seu inútil, ridículo e desnecessário saber.

Resgates

Talvez por ter passado muito tempo ouvindo Chet Baker cantar *Blame it on my youth* (Holly Cole também canta direitinho), ou por me recusar a envelhecer, quando tropeço em meus próprios erros ou se alguma coisa não se resolve segundo os cânones determinados, culpo minha distante juventude e me consolo repetindo que sou novo e ainda vou aprender.

A vida de aprendiz é fácil. Há sempre um mestre, uma segunda instância a quem se pode recorrer nas dificuldades e, juntando os cacos filosóficos desse meu aprendizado de vida, acho que estacionei no "só sei que nada sei" e fui levando, empurrando a minha ignorância – esse carrinho vazio no vasto supermercado do saber – por corredores labirínticos entre gôndolas repletas de inutilidades intelectuais. E me fartei.

Li e ouvi muita porcaria a pretexto de alcançar a verdade. Acreditei em mitos sociais e políticos, desenvolvi idiossincrasias ao que parecia óbvio demais, planejei delirantes utopias, caí do cavalo, do galho, pois é, envelheci.

E ficaram pelo caminho umas falhas de enchimento, uns buracos, uns vazios que preciso preencher antes que alguém diga que já não vale mais a pena sequer tentar.

Taí. Vou aprender a tocar violão e a falar inglês.

Não que eu seja um total ignorante no idioma do Bardo, mas, por força e necessidade, aprendi a ler sem aprender a falar e vinha me esquivando, dizendo não acreditar em língua que não tem regras de pronúncia etc. e tal. Aprendi as tais regras (elas existem!) e agora, além do duplo "o" com som de "u", sei do som latino da vogal que precede consoante dupla, do som da penúltima vogal da palavra terminada em vogal e da última vogal na que finda em consoante. O duro é pôr em prática tanta teoria.

Mas a turma do contra não perde por esperar. Já agendei as aulas, contratei professores, comprei lápis, cadernos, cordas para violão e estou na maior animação. Se qualquer dia desses sair uma crônica em inglês, ninguém vai estranhar. Podemos estar diante de um futuro ganhador do *Booker Prize* ou do *Pulitzer*. Faz bem continuar sonhando.

Com o violão sobrevêm dificuldades. Até que a mão direita marca bem o ritmo, a esquerda não decepciona (sou ambidestro), mas o ouvido...

Descobri que tenho o tal ouvido absoluto – ao contrário. Sou absolutamente desafinado e isso já confessei quando contei que, um dia, fui dublador de corneteiro.

Imagino o sacrifício, mas não desanimarei. Também não vou parar só nessas duas bobagens; vou aproveitar o embalo e prosseguir à caça dos impossíveis da minha juventude.

Vou, quem sabe, resgatar ingênuos sonhos, secretos desejos – todos. O poema que imaginei e não escrevi, uma música da qual mal conheço o assobio, um perfume de mulher, um inusitado verde numa tela de Dalí, uma viagem a Praga, outra a Jaboatão dos Guararapes e, em algum lugar da China, comprar uma gravata borboleta azul com bolinhas brancas, que pretendo nunca usar.

Vou ficar papudo, pimpão e regateiro. O problema vai ser o violão.

Conversa Ribeirinha I
(Cuidando da Saúde)

Quando vêm batendo os derradeiros de março e os primeiros de abril, passada a quadra em que envelheço um ano e serenado o sufoco de ter de prestar contas ao Leão, começa a comichão, a agoniazinha boa de sonhar com o Araguaia.

Às vezes, parado nos sinaleiros, fecho os olhos e vejo aquele canto sombreado do Dumbá Grande, a canoa amarrada no sarã, o bambu, a zero-trinta, o chave-dez, e até escuto o chiado da linha, o piau-flamengo puxando pra debaixo do enrosco, e escapando. Arrepio. Amaldiçoo o imbecil que buzinou, avisando que o sinal abriu.

Vou ajuntando as tralhas, procurando notícias com os que vêm das bandas do Cocalinho, querendo saber dos cardumes e se os bicos-de-pato já saíram à caça da peixarada miúda, alevinos que, com a vazante, vertem dos lagos ao rio.

Finalmente, sou um pescador ecologicamente correto: aprendi a pescar sem destruir. Arranco a farpa do anzol e vou pescando e soltando, pescando e soltando, e por fim, levo pra casa o tanto certo do jantar do dia. Não dou trabalho aos Florestais; nem carrego caixa de isopor.

Antes, não era assim. Os pescadores montavam nos cardumes e era aquele estrago, cada um querendo contabilizar vantagens. Naqueles tempos, a pescaria era uma farra, um estrupício. Tinha gente que levava até sanfona e pandeiro pra tocar enquanto a turma matava piaus, matrinxãs e enchia a cara de cachaça.

Foi nessa época que um pessoal, que estava acampado na Praia do Gado, subiu pra pegar um cardume parado lá perto da Viúva, na barra do rio do Peixe. Foram em duas canoas devidamente equipadas, varas, anzóis, iscas e... cervejas geladas.

As matrinxãs eram enormes, a pescaria estava ótima, mas a cerveja logo acabou. Vam'bora! Desceram o rio meio chués, a seco no meio d'água, até que um anunciou:

– Pode deixar que cerveja eu ajeito. Comigo não tem crise. Logo ali, por cima do porto do doutor Ovídio, do lado de Goiás, tem um barranco liso que nem buraco de cobra. Lá em cima, um rancho que é um boteco. O Tamirim, o dono, tem um *freezer* a gás e a cerveja é véu-de-noiva. Xacomigo!

Amarraram as canoas e subiram o barranco. O rancho deserto, às moscas. Um guegué morrinhento, amarelo-boca-preta, magro, famélico, deu o sinal e o dono apareceu, saindo da penumbra do fechado para a claridade da varanda do rancho.

– Bão, Tamirim!

– Bão, dotô. Grazadeus! Sôr manda?

– Num mando, peço! Falei aqui pros meus amigos que ocê vende a cerveja mais gelada da beira do Araguaia. Cadê as geladinha, hom'dideus?

– Tá em farta, dotô; hoje tem não. A "friza" pifou. Mandei consertar lá no Leonino, e até hoje num ficou pronta. Tem um resto de brama aí, mais tá tudo quente.

– Ô Tamirim, inda bem. E dessas quente mesmo que nóis queria. Magina! Um tempão desses nesse solão de rachar, e pru riba, nóis tá tudo gripado. Trem gelado ia é fazê mal pra nóis. Abre quatro das mais quentinha pra gente começar. Cê sabe, com saúde não se brinca!

Conversa Ribeirinha II
(A Conjuntura Econômica)

Sei que muita gente vai dizer que ando sem imaginação, que estou contando piadas velhas, repetindo histórias que já contei, ou, pior, enrolando o tempo, cozinhando o galo ou enchendo linguiça, o que acaba sendo tudo a mesma coisa.

É que o azul do céu de abril me faz ficar ainda mais bobo, o banzo de não ver o rio, de não chacoalhar nos seus banzeiros, me faz ficar de ideia fraca, e enquanto eu não der uma chegadinha no Araguaia eu não conserto o juízo, não concerto a minha vida.

Lá, nos primeiros dias, fico observando os companheiros, todo mundo virando menino, rindo e repetindo velhas histórias sem graça, conversas ribeirinhas sem propósito, e algumas delas vou repetir aqui, sem outra intenção que o registro.

Desobrigados da azáfama de duplicatas, faturas e boletos, alguns perdem o sono, as noites em claro; outros acordam apavorados, gritando:

– Socorro! Um cheque sem fundos, um título protestado! – E voltam a dormir.

Outros, tristes, choram a falta de um telefonema do gerente do banco ou do oficial do cartório de protestos, e se desesperam por não saber a cotação do euro ou como anda o risco-Brasil.

Devagar as coisas vão caindo nos eixos e neguinho desanda a falar de peixe, cerveja, futebol, e começa a relacionar árvores, suas utilidades em carpintaria e efeitos medicinais, a conversa sempre acabando em remédios naturais pra ferroada de arraia, o que resulta em discussão acalorada e sem fim.

A chegada da mansidão, do costume com as coisas do rio, coincide com o fim de algum insumo essencial, trazido em quantidade mal calculada, e quase sempre é a cerveja a primeira a acabar.

Foi por conta dessa escassez que, estando acampados no ribeirão d'Anta, o Mané e um seu compadre foram destacados para ir a São José dos Bandeirantes, cinco léguas acima, para umas compras de armazém.

Quem conhece o porto sabe o tamanho da subida, quem já esteve por lá não esquece o calor, mas nem uma coisa nem outra impedem o vivente de apreciar o lugar e, todo ano, amargar de saudade daquele barranco cascalhento e hospitaleiro.

Feitas e encaixotadas as compras, conseguiram um jornal atrasado pra ver como andava o mercado financeiro e ficaram por ali zambetando, o que deu tempo pra escutar conversa alheia, de dois que acabavam de entornar uma branquinha.

– É, a vida...

– ...tá pela hora da morte. (Vai ser original assim lá em Aruanã, pensou o Mané.)

– Tudo subindo, num sei ondié que vai parar.

– Pois é, dose de pinga a cinquenta centavo.

– Hora de sinuca a dorreal; baralho usado a cinco.

– É, tá brabo!

– A situação econômica tá féla! Mais uma?

– A saideira.

Foi aí que descobriram que a cotação do dólar, dos c-bonds, os índices Bovespa, Dow-Jones, Nasdaq e similares nada significam na beira do Araguaia.

– O quê? Cerveja em lata a dois e cinquenta? Minhocuçu de vintão a dúzia? Ninguém aguenta essa inflação!

Conversa Ribeirinha III
(O Rio Está Vivo e Agradece)

Aviso aos circunstantes invejosos e aos despeitados de plantão: mês passado eu revi o Araguaia.

Cheguei no porto da balsa do Cocalinho e, embriagado de ternura pelo rio que eu não visitava desde o ano passado, respirei fundo; quase me intoxiquei com tanto ar puro e com o perfume das flores abrindo na manhã. Fiquei enternecido com tantas borboletas, com os bandos de passarinhos, com as abelhas zunindo nos cidreirais das vazantes.

O rio estava vivo. Peixes batiam nos saranzais, biguás voavam levando nos bicos os mandis que acabavam de pescar. Um maguari sisudo olhava preguiçosamente a água espumada da manhã, exibindo sua cinzenta deselegância de moleque vestido com o terno herdado de um defunto maior.

Apressado, peguei a canoa e subi até o Dumbá. O lago muito limpo, com sua placidez de oásis, refletia o azul do céu de abril, aquele azul que me entontece. Um redemoinho de jaburus se confundia com escassas nuvens. Na sombra refrescante e hospitaleira de um jatobá, diante de tanta beleza, percebi que tudo o que eu via merecia uma moldura.

Recostado no banco da canoa, fiquei pensando no quanto já tentaram matar o rio, transformá-lo em um caudal poluído e sem vida. Primeiro o desmatamento irresponsável, correntões empurrando árvores centenárias aos leirões, onde o fogo as destruía; voçorocas, a terra exposta e nua carregada pelas chuvas assoreando nascentes e ribeirões. Depois, os garimpos, a morte apurada nas bateias, a vida escapulindo entre os dedos feito o azougue que a levava. Seguiram-se os acampamentos "luxuosos", pisos cimentados nas praias, helicópteros, fogos, caixas de som explodindo decibéis nas madrugadas. Por fim, queriam fazer uma hidrovia, transformar o rio em estrada. Ideia de gênio de gabinete, ou de gênios de escocesas garrafas. Coisa de quem não conhece o pulsar do Araguaia.

Mas como todo ano tem enchente e água muita lava bem, o Araguaia, de banho tomado, renasce e também nos faz renascer às suas margens.

O dia passou e nem vi. E, a pensar o mundo, desapreguei do lago e desci o rio, a canoa solta a rodar na velocidade da corrente. O poente, de vermelho se fazia violáceo, o rio resplandecia o céu e se tornava manso, como a pedir que a noite chegasse logo e fizesse tudo dormir. Era hora de navegar poesia alheia.

Éramos só eu e o rio. Eu, relembrando Cora Coralina, também trazia em mim todas as idades do mundo. E o rio, que me fazia lembrar o rio da aldeia de Fernando Pessoa, o que *não faz pensar em nada*, era de certo muito mais bonito e, igual ao Aleph, guardava a eternidade em imaginário espelho, entre a amplidão do céu e a profundez das águas.

O Araguaia é o rio da minha aldeia, e ele carrega a água de todos os rios do mundo. Ele é o meu Nilo, meu Ganges, Sena, Tejo, Rubicão. E, mês que vem, quando uma menina que nasceu muito longe for batizada com a água do meu rio, o Araguaia será o meu Jordão.

Da Inutilidade das Pequenas Coisas

Um dia alguém me chamou de poeta, e eu, no grito, respondi, indignado, Poeta não!, como se tivesse sido pego em flagrante, no exercício da abominável arte de furtar.

É assim mesmo; no contrapé todo mundo vira bicho, fica valente e cheio de razão. Acontece que sou ladrão de poesia – daí a minha indignação – e, incapaz de fazer um verso de pé quebrado, vou me apropriando dos alheios. Sou dos tais que acham que o poema não é de quem o faz, mas de quem, em algum momento, dele precisa.

Mal comparando, é como pegar passarinho. Quem pegou se diz o dono, e, do mesmo jeito que com a poesia, prende-se o passarinho, mas não se consegue prender o seu canto. Por isso acho que o poeta não faz a poesia: simplesmente ele a descobre e a liberta. E aí, igual a um pássaro, o poema voa, e ninguém mais precisa do pássaro – basta ouvir o seu cantar.

Também já joguei muita conversa fora, escrevendo sobre os voos e os mergulhos dos poetas, sobre a dupla alma dos sonhadores, e da alma que nos abandona quando sonhamos ou estamos em estado de poesia.

Pois é, naqueles dias em que a fantasia fica entre o voo e o mergulho, e "bóiam leves, desatentos, meus pensamentos de mágoa" (esse, roubei de Fernando Pessoa), sou capaz de me emocionar até com acrósticos, versos rasos, soltos a rodar em vaus de lentos caudais que demandam o Lete.

Diferentes de outros, versos profundos, cujo gosto só aprecia quem perdeu o medo de mergulhar. Fragmentos de poemas, ocultos em peraus escuros, que colhemos com assombro e que pregam na nossa alma como o lodo adere à pele. Versos que devem ser lidos devagarinho, degustados entre suspiros, para que não se corra o risco de sufocar.

E, por temer o sufoco, leio poesia aos saltos, pulando as páginas dos livros, sem compromisso. E é assim que estou lendo o livro que o Carlos Fernando Magalhães me enviou, o seu último livro, o *Perau*. Não poderia ser diferente o título; o perau não é o poço em que se banha em tardes de estio; é a água escura e funda que atrai, o *thanatos*, o desconhecido. Assim também o livro. Talvez um dia, livre da soberba e da inveja, eu, sobrevivente, possa arriscar um poema e nele não me afogar.

E, enquanto esse dia não chega, vou sonhando com um tempo de muita preguiça, de quase-nada fazer, de tardes de céu empedrado como a se vingar das manhãs deste transparente azul de maio. Tardes de arrepios, assombro, medo, tardes de ter tempo de olhar pela janela e imaginar um canteiro de pequenas folhas verde-azuladas, antecipando o gosto delicado das raízes. Vou fazer, aos olhos dos tolos, coisa tão pequena e inútil quanto escrever ou ler poesia.

Eu vou plantar mangaritos.

Cambevas, Penas e Fiado

O Santa Rita e o Córrego das Marocas se juntavam no meio da cidade e ainda não eram poluídos. Os quintais eram muito fundos, e despejar o esgoto na rede pública era mais fácil. As águas ficavam limpas, os peixes agradeciam e a molecada aproveitava – eram os banhos de corgo e as pescarias de peneira.

Eu "tomava emprestada" a peneira que minha mãe usava para esfriar o café que ela torrava em casa e saía de fininho; ia encontrar a turma já preparada, descalça e sem camisa, todos prontos para a aventura e a diversão. Alguém arranjava uma lata e, com um pouco d'água, estava pronto um viveiro e nele íamos levando, vivos, os infelizes peixinhos que conseguíamos capturar.

E começava a farra, a gritaria, a peneira enfiada nas locas, debaixo das latadas.

– Lambari, pega, pega, não deixa escapar não, ô mão furada...

– Merda, só tem cascudo!

– Cambeva! Cambeva!

Cambeva, pra quem não conhece, é um peixinho comprido como um dedo da mão, de corpo cilíndrico, mais ou menos da grossura de um lápis, branca, carijozinha de umas pintas escuras. As cambevas eram as nossas preferidas – sobreviviam em nossos aquários improvisados e não saltavam para fora deles, como os lambaris.

A pescaria terminava na junção dos corgos e subíamos por uma escada escavada no barranco, saindo na horta do Seu Nego da Carola, sempre ocupado em regas, podas, transplantes e na caça de umas borboletas amarelas, mães das lagartas que arruinavam suas couves e repolhos.

– Tem lambari, seu Nego, pode pôr no poço?

– Pode sim, seu menino.

E lá íamos nós ao poço de encher o regador, uma boca de cisterna com água até a borda, uma água azul-esverdeada, muito limpa, onde viviam dezenas de lambaris. De maldade, me disseram que o poço não tinha fundo, ia até o Japão, e eu acreditei.

A saída era uma porteira que dava para a rua e na tábua de cima, numa placa amassada, Seu Nego escreveu:

Amigos e companheiros,
Delicada freguesia,
Nessa horta não se fia,
Que o fiado me traz penas,
Raiva, tristeza e cuidado,
E para viver contente,
Não posso vender fiado.

Era assim. Os nossos corgos eram limpos, os meninos pescavam cambevas, havia um poema na porteira de uma horta e o fiado, para mim, parecia ser o único problema da economia nacional.

O Dia em que Matei o Caçador

– A Duquesa ficou louca!

Assim, sem um alô nem nada, o Codé me recebeu na porta da casa, assustado. Não teve abraço, gritaria, nada dessas comemorações barulhentas que a italianada costuma fazer nos reencontros.

Eu tinha acabado de chegar. Desembarquei da Mogiana, deixei a mala na chácara da beira da linha e desci. A velha Santa Rita lá, dentro do buraco, esparramada pelas encostas suaves que margeiam os dois córregos, semelhava cadáver insepulto abandonado em cova rasa. Casario decadente, torres de igrejas, mangueiras nos quintais.

– Morreu?

– Ainda não. Avança em todo mundo. Dois dias sem comer nem beber. Alguém tem de matar ela; ninguém tem coragem. Vai ocê, Goiano.

Fui empurrado portão adentro e chegamos à varanda. Estavam todos lá, o bando de adolescentes ao redor da mesa, triturando uma baciada de laranjas *pannazias*. O Vitório me entregou a doze.

– Está carregada. Vai, vai.

Rodeei o cômodo da lavanderia e desci. Atrás do monte de lenha, amarrada, encontrei Duquesa, a pointer miúda que nos ensinara a caçar codornas. A mestra, que não ficava muito perto para que o caçador não espantasse a caça, nem tão longe que não a pudéssemos controlar, e que amarrava com elegância, levantava com vigor e trazia à mão, nas raras vezes em que acertávamos o tiro, rosnou, latiu e esticou a corda que a prendia. Em nome da caridade, eu deveria sacrificá-la.

Quem, um dia, já caçou com um perdigueiro, sabe o que vou dizer: ela me olhou de frente e ganiu. Parece que, por um instante, entre lucidez e loucura, ao ver a espingarda e o homem, Duquesa achou que iríamos caçar. Abanou o rabo, fez festas, ganiu novamente e avançou. Vi Duquesa trilhando codornas imaginárias; lembrei Baleia e suas preás gordas no céu.

Levantei a arma, fiz pontaria. A imagem de Duquesa diluiu-se à minha frente como se refletida em poça d'água soprada em manhã de vento. Fechei os olhos, senti um gosto de sal, apertei o gatilho.

Não me lembro do fragor do tiro, mas não consigo esquecer o silêncio que veio depois, só quebrado pelo empregado do armazém, que saiu arrastando alguma coisa pelo quintal coberto de folhas.

Retornei à varanda e eles ainda estavam lá. Ninguém disse palavra; viraram-me as costas. Mãos nos bolsos, saí calado como cheguei. Na rua, nem uma lata pra chutar.

Depois, reclamei da frieza da turma e o Codé disse que eles não queriam que eu os visse chorar; não ficava bem para caçadores. Foi bom. Eu também não queria que vissem como eu estava.

Até hoje penso que não foi com o tiro: foi com aquele silêncio que se seguiu que matei o caçador. O que estava dentro de mim e que eu, na verdade, não queria ser.

De Manhã, numa Praça

Era uma manhã de segunda, uma apocalíptica manhã dessas segundas-feiras brabas de final de mês em que, às preocupações habituais do início da semana vinha se ajuntar o desespero das contas a pagar. E o dia começava entre preocupações e descontentamentos.

Foi com esse espírito que o homem saiu de casa, no carro velho e de tanque quase vazio (o preço da gasolina havia subido 20% à meia-noite, e ele se esquecera de reabastecer), a ruminar o descompasso entre preços e salários, a conta telefônica sem jeito de conferir se aqueles impulsos cobrados foram "impulsionados" mesmo, o imposto da casa lançado por um valor venal que ele julgava ilusório, arbitrário e irreal, o imposto de renda cobrado sobre o salário há anos sem reajuste, o saldo bancário menor que as dívidas e os juros do cheque especial causando espécie. Sorriu. Achou que afinal descobrira por que se chama especial o empréstimo que o estiola, enquanto o sistema financeiro viceja altaneiro sobre os esfacelados meios de produção.

O engarrafamento o prendeu em frente à agência de um banco poderoso. Ainda ontem, na tevê, a propaganda do banco o iludira com o ópio do patrocínio de um esporte olímpico, e ele nem fora consultado se a sua preferência era tênis, basquete ou voleibol. Tudo bem. A fachada de granito e aço escovado confirmava a prosperidade da casa; uma fila de máquinas de auto-atendimento representava uma fila de bancários desempregados, ou o rol de empregos qualificados transferidos para alguma nação exportadora de tecnologia.

O trânsito fluía devagar, dois motoristas distraídos se deram um esbarrão sem importância e, diacho!, onde se esconderam os multadores com seus blocos de anotações, que não vêm disciplinar o fluxo dos veículos? Decerto estão ocupados com a manutenção das máquinas de multar. Pensamento besta. As máquinas são de empresas privadas, que com o lucro instalam outras máquinas e outras, outras mais.

Desviando do tumulto, acabou chegando à praça, à pracinha simples, quadrangular, com muitas flores e poucas árvores. Senhoras e senhores, eis a Praça da Cirrose! Sorriu ao relembrar o patológico epíteto que o populacho impusera ao logradouro. Sorriu também da frase que tinha construído em pensamento. Arcaica demais. Lembrou-se dos antigos botecos espremidos naquele curto espaço, hoje quase todos fechados.

Observou que a fila de carros que contornava a praça não dava trégua aos pedestres. Uma senhora gesticulava com impaciência e não conseguia atravessar a rua. Parou o carro quando dela se aproximou e, com displicência, sinalizou para que atravessasse.

Ela cruzou à frente do carro a balançar a saia longa e rodada e, quase ao terminar a travessia, virou-se de repente e olhou nos olhos do motorista; tapou a boca com a mão espalmada e, ao afastá-la da face, sorriu e lançou ao incrédulo um beijo sonoro, estralado. Depois, invadiu a praça com alegria infantil. Alguns pombos voaram.

O dono da manhã aziaga, assombrado, legou ao esquecimento os seus problemas, enfrentou de alma renovada a luminosidade da manhã que diante dele se descortinava e, a partir daquele instante, cuidou de mudar o apelido da praça. Pelo menos para ele, agora ela é a Praça do Beijo.

As Frutas do meu Cerrado

Para Alcione e Geraldo Coelho Vaz

O Cerrado inteiro parecia morto. A chuva caiu sobre poeira e cinzas, escorreu nos troncos ressecados, fez irromper desvairada brotação. Em dias, o verde cobriu a terra crestada. As flores pequenas, algumas de tão tímidas, quase invisíveis, surgiram e desapareceram rapidamente. Ei vem, está chegando o tempo das frutas!

Aqui em Goiás, nas matas de cultura, muita madeira, pouca fruta. Jenipapos, jatobás, jaracatiás, guapevas, e se existe mais alguma, confesso que não me lembro. Nos capoeirões, ingás e marmeladas-de-cachorro, que, não estando bichadas, têm um gostinho até bom.

Mas no cerrado-ralo, naqueles pontos onde o fogo não entrou, é uma riqueza, uma fartura de qualidades, aromas e sabores. É tanta fruta, que contar é difícil.

A primeira que aparece é a fruta-de-ema, que dá em moitas rasteiras, com sua polpa ridica, perfumada e adocicada e uma semente grande, desproporcional. Rara quando o cerrado era bruto, hoje então nem se fala.

As cagaiteiras, que antes da chuva já tinham se vestido de branco, com as incontáveis flores miúdas das suas roupas de noiva, começam a derrubar os frutos ácidos que a meninada deve apreciar com cuidado. É que o nome não é de brincadeira, nem no vulgar, nem no científico. Os botânicos as chamam de *Eugenia dysenterica*, vai daí...

E tome lá cajuzinho, amarelo, vermelho, de árvore, rasteiro, doce, azedo, de todo jeito ele é bom. E mamas-cadelas, pitangas, babas-de--boi, articum – pra quem não tem medo de dor de cabeça – e muricis, dos graúdos no chão seco, dos miúdos nos resfriados. Beira de corgo, veludo branco e vermelho; são-caetanos nas certidões das taperas.

Quem não gosta de mangaba? E de doce de mangaba, de doce de buriti? Falou que não, não é daqui.

Felicidade era encontrar um pé de araçá. Aquela varinha delicada, com meia dúzia de goiabinhas, ainda me alegra o paladar e o sonho. Após comer as frutinhas, tratar de arrancar a raiz, uma batata dura como aroeira, com a forma quase exata de um pião. Um menino habilidoso, um canivete amolado, é esculpir o castelo, bater um prego na ponta; lixar. Depois torcer, de cordéis, uma fieira, e rodar. No "stil" ou no "pegê", no capricho pra não selar.

Lembrei dessas asneiras porque, há muito, não vejo mais aqueles cerrados onde a meninada ia pegar frutas, nos dezembros. Agora são pastagens artificiais, lavouras de milho e soja, cidades, asfalto. O Cerrado mudou, achei que as frutas tinham desaparecido.

Felizmente me enganei. Dia desses, saindo da cidade, vi um rapazote vendendo gabirobas. Pra quem não sabe, umas frutinhas verde-amareladas, feitio de jabuticaba miúda, e que são as mais saborosas das frutas do Cerrado.

Parei e comprei um litro delas; o vendedor as colocou num saco de plástico – pois é, é o progresso! Provei uma bem madurinha, e o mundo rodou, eu embriagado de infância.

Nem perguntei em que lugar ele as havia colhido: não tinha importância. Elas estavam ali, nas minhas mãos e, para mim, faziam parte do meu cerrado encantado. Aquele que só eu sei onde é que ele ainda está.

Sinal de Chuva

— Mió guardá a lenha que evém chuva.
— Que mané chuva coisa ninhuma. Solão brabo desse, muié! Tá ficano doida?
— Óia o mundéu de núvi preta pras cabicera do corgo. Truvejô de lá é chuva na certa. Aminhã, cum lenha moiada, num tem boia nessa conzinha não sinhô.

Eu não sei se choveu, mas garanto que a lenha foi guardada. Ninguém é besta de contrariar a Natureza, ainda mais quando ela emite seus inequívocos sinais de chuva. Não sei quanta conversa à laia de miolo de pote já escutei sobre essas profecias, e o quanto ainda vou escutar.

— As taipocas já estão floridas. Aquelas flores brancas não caem em terra seca. Do mês que vem não passa. Garanto que vai chover.
— É, mas tem pequizeiro que ainda não deu flor. Flor de pequi é que é sinal de chuva.

E a conversa vai longe, cada um garantindo conhecer, mais que ninguém, o sinal de que, dessa vez, a chuva não tarda. É só prestar atenção, o pior cego...

— Está a me doer o calo do dedão. Vai chover!

– Tem perereca rapando cuia. De hoje não passa.

"O agreste brotou. João-de-barro terminou a casa. Brotaram arranha-gato, gabiroba e fruta-de-ema. Correição ainda não saiu, pois só sai depois que chove. Cupim reformou a morada. Ontem voou aleluia. As mangueiras floriram cedo. O mandiocal rebrotou, a mandioca tá encruada. Está ventando sul, ou sudeste, ou noroeste, sei lá, mas que é vento de chuva, é. Ventou geral, agora chove. Chegaram os tizius e as tesourinhas. Cigarras já estão cantando. Olha a sapaiada, os rola-bostas. Ah, o meu reumatismo! É, a rapadura melou. O sal empedrou. A fumaça da fábrica está rio-abaixo. Será que chove mesmo, meu Deus?"

Meu pai assegura que no tempo do meu avô, e inhantes, todo mundo plantava milho no dia 7 de setembro, que no dia 8 chovia sem falta. Muita gente repete a mesma história, e não é pelo excesso de testemunhas que acredito em meu pai. Acho que era assim mesmo, patriotada de São Pedro querendo agradar, na data nacional, os seus dois xarás imperadores. O advento da República acabou com o nosso cartaz, e São Pedro é hoje o maior inimigo dos prefeitos. Sem distinção de partido.

A previsão do tempo agora é feita por satélites e quase não há erros. Dá pra ver na foto a frente fria que vem da Argentina e que sempre traz chuva aqui pra nós, neste Goiás véi de guerra. Foi aí que resolvi desafiar os conhecimentos "pluviológicos" do meu pai.

E aí, Seu Otávio, na sua opinião, qual é mesmo o melhor sinal de chuva?

– É enxurrada, meu filho! Mais garantido, só enchente e inundação. E delas, Deus nos livre e guarde. Amém.

Colecionar Santinhos

Já colecionei flâmulas, ali pelos dez, doze. Você não sabe o que é? Você é jovem; flâmula já caiu de moda, mas não fique triste, eu explico. É uma bandeirinha, um pedaço triangular de pano onde se imprimem besteiras. Às vezes, quando times de futebol se enfrentam em partidas importantes, os capitães trocam flâmulas. Deve dar um trabalhão jogar no lixo, depois.

Meninos, colecionávamos também embalagens de cigarro, lápis de propaganda, tampinhas, bolinhas de vidro, figurinhas, chaveiros e outros badulaques. Alguns adolescentes diziam colecionar namoradas. Hoje, numa retrospectiva imparcial, acho que eles é que eram objetos de coleção. Ainda assim continuam invejados.

Colecionar parece um vício, uma mania que a gente vai adquirindo devagar, conhecendo gente com a mesma mania e daí, já viu...

Existem associações de colecionadores de todo tipo, algumas com status de ciência como a Filatelia e a Numismática. Outros colecionam tudo o que pode ser guardado, trocado, vendido ou, principalmente, surrupiado. De obras de arte a sabonetes de hotel, canetas, isqueiros, peças íntimas, insetos, sementes, enfim, o escambau. Com o tempo, colecionar acaba se tornando um hobby muito caro e trabalhoso e muitos amadores desistem, mas os profissionais não perdem a mania.

Dia desses encontrei o Brandãozinho, um notório *don-juan* dos bons tempos, na saída da missa de um figuraço e não resisti à indignação.

– Mas vocês não eram inimigos? E a Suzaninha, que ele roubou da sua coleção? Só perdoou porque ele morreu? – E ele:

– Nada não, companheiro, minha coleção agora é outra.

E me contou que passou a colecionar lembrancinhas de finados, esses santinhos distribuídos em missas de sétimo dia, e tinha vindo buscar alguns.

Alguns?

– É pra trocar. Agora sou colecionador temático. Só coleciono santinhos de políticos, os derradeiros, sabe? Esses têm mais valor. De político suicida então, pela raridade... ah, o do Getúlio, o legítimo, é o sonho dos meus colegas de confraria. Cassados por corrupção ou que renunciaram ao mandato valem tanto quanto figurinhas carimbadas. Olha, às vezes até dou palpites, ajudo assessores lacrimosos a escolher fotos e dizeres. É a minha vingança: no último santinho não tem promessas de campanha nem sigla de partido; dali pra frente não dá mais pra enganar. Acabou. É prego batido, ponta virada.

Contei para uns amigos, e um que é médico saiu-me com essa:

– Então foi por isso que o Mané, aquele eterno candidato a vereador que estava internado, me chamou e exigiu, de cara feia:

– Proíba visitas, doutor, principalmente do Brandãozinho.

– Por quê?

– Ele tá com umas manias... imagine o senhor, ...ele falou que tem uma foto muito boa, eu com uma baita matrinxã no "meiãããão" do Araguaia e que vai dar a foto pra minha mulher; dia desses ela pode precisar. Tô desenganado não, né doutor?

O Menino e o Pião

Na sala da casa da fazenda, o moleque, distraído com o desenho animado de alienígenas que passava na televisão conectada à parabólica, levou um baita susto com a batida de palmas que dei, introito do "ó de casa", e esbugalhou ainda mais os olhos quando perguntei:
– Rapaz, cadê o estilingue, a arraia, a fieira e o pião?
Foi baixo. Acho que ele pensou que eu o estava recriminando por caçar passarinhos, falando de peixes do Araguaia, de doença dos cascos bovinos ou perguntando pelo pai, e me dirigiu um olhar apalermado e súplice que me desarmou.
– Vou te dar um pião e uma fieira, e te ensinar como se faz pra rodar.
Na volta, parei no primeiro povoado e entrei num armazém que me lembrava as "vendas" de antigamente. Aquelas, onde se comprava desde os básicos Sal Luzente e Querosene Jacaré aos especializados Glostora e Gumex (*dura lex, sed lex!*) que amansavam nossos topetes adolescentes e malcriados. O vendeiro me olhou por cima dos óculos, parecendo não acreditar no pedido.
– Pião! tenho não senhor... – disse, olhar indefinido e distante, sem esconder o desânimo ainda maior pela tarde calorenta. – Meni-

no de hoje só quer saber de celular! Faz tempo que não vendo pião. Sobrou um rolo de fieira, perdido por aí.

Estendeu a mão para um balcão coberto de bugigangas e, lá do meio, sacou um rolo de um barbante grosso e encardido.

– Taí ó, falando nele... dois metros é um bom tamanho. O senhor leva a fieira; se encontrar o pião... essa é de graça. – Cortou um pedaço e me entregou.

– Brigado, De nada, vaicundeus, Ficundeus, Améns!

Cheguei a uma cidade maior e fui ao supermercado, o gerente me encaminhou ao bazar, uma loja de presentes.

– Lá deve ter. – Não tinha.

Acabei retornando a Goiânia, desapontado por não conseguir comprar o presente que prometera. Telefonei a alguns amigos, todos perdidos como eu.

– Pião? Não, nem tenho ideia. – Você agora está estudando Arqueologia? Ludoarqueologia, ah, ah!

– Como? Você está falando sério? A continuar assim vai querer assistir briga de galo. Cria juízo!

Numa loja do Mercado Central, finalmente encontrei. Estavam lá numa cesta, em meio a uns biloquês (bilboquê é frescura), meia dúzia de piões malfeitos, de aspecto deplorável, mas... – piões. Comprei um.

Em casa, com um canivete fiz os desbastes necessários, enrolei a fieira no pião e na mão, ponta pra cima, levantei o braço, girei o corpo e joguei – o pião rodou.

Rodou pião, mundo, vida, a tarde, o relógio pra trás e eu ali, menino outra vez, entalado de tristeza-alegria, respirei fundo, engoli o travo e fiquei encandeado, olhando o pião rodar sereno, correr e parar.

Guardei no bolso pião e fieira. Agora é só encontrar o outro menino, entregar o presente e ensinar a rodar.

O Pião e a Roda

Não sei onde eu estava com a cabeça, quando inventei de ensinar um menino a rodar pião. Isso, como se tudo ficasse resumido a enrolar a fieira e jogar o pião no chão – rodou, não rodou? tenta de novo. Rodou, ah! muito bem! você é um campeão, parabéns!

Ah, se as coisas fossem assim tão simples, como se tudo pudesse ser adquirido por osmose, em passes de mágica, como se fazer um poema fosse simplesmente empilhar palavras ou se a gente pudesse aprender Medicina trabalhando em balcão de farmácia.

Então vamos teorizar. Quem sabe algum menino, emulado pela animação do pai ou do avô, decida aprender a brincar com essas coisas simples de antigamente. Pois bem.

Um pião é composto de ponta ou prego, corpo, cabeça e castelo. A ponta é a arma do pião; o corpo define o tipo; a cabeça, que não se cobre com a fieira, é área nobre, heráldica, onde o menino personaliza o pião, brasonando lá as suas cores. Na junção corpo-cabeça, fazem-se uns furinhos para o pião zunir, ou cantar. Castelo é o cocuruto onde se inicia a enrolar a fieira.

Enrolada a fieira, é hora de segurar o pião: ponta pra baixo ou pra cima, já ensinando que o certo é dizer no "pegê" ou no "stil" (estilo?). Depois, é explicar o tipo do pião: pra quem não sabe, pião tem de dois modelos, o "caneta" e o "batata".

O caneta é assim mais compridinho, bom pra jogar no pegê, só que ele perereca muito, não para no lugar e, por isso, sai fácil da roda, mesmo que o jogador seja aprendiz. E ainda corre bastante, quando para de rodar.

O batata, retaco, é pião de craque. É dormidor, bom pra trabalhar na fieira ou na mão, mas tem de ser jogado no "stil", casqueando, pra sair da roda e não virar saco de pancadas, levar "pregadas" e "cocadas" dos outros jogadores. O batata não corre e "morre" onde parou de rodar.

A roda. Nada vi que se comparasse ao ritual, à liturgia do traçar da roda no jogo de piões. Um menino prende a fieira ao castelo de um pião, outro menino, outro castelo, outro pião na outra ponta, distantes pouco mais de meio metro. E assim, agachados, um no centro e o outro girando em volta, compasseiam um círculo perfeito no chão batido da infância. Outro círculo menor, a rodinha, palmo de diâmetro, é traçado a esmo perto do centro.

Começa o jogo. Os combatentes se alternam, jogando o pião que deve picar dentro da roda, e girar. Se o pião não gira, isto é, se ele sela, ou se bate fora da roda, o jogador paga prenda, colocando um pião "morto" na rodinha.

Aí a turma flecha em cima, todo mundo querendo tirar o morto da roda e ficar com ele. Só que o atacante tem de arrancar o morto e seu pião tem de rodar, senão ele também vai pra rodinha. Antes do jogo, os piões de aposta são examinados, descartados os sem ponta, rachados ou malfeitos a canivete.

A fieira, que hoje pode ser comprada em loja, antes era fabricada com linha de algodão fiada em casa, torcida e dobrada, retorcida e redobrada até ficar da grossura certa e depois esfregada com folha de lixeira-do-campo ou em casca de goiabeira, pra firmar.

Não sei onde eu estava com a cabeça, quando inventei de escrever sobre um menino e um pião. Me enrolei como fieira, girei em torno de mim mesmo, não consegui sair da roda do assunto, mas prometo: entre cocadas e pregadas, não selo; da próxima vez, pego o pião na unha e acabo com essa história.

O Pião e a Unha

Pois é. Às vezes, escrever sobre lembranças ou pequenos desejos infantis nos traz uma alegria triste. É quando dá vontade de passar a vida a limpo, quando se percebe que o pra trás já é maior que o pra frente e o menino que cada um tem dentro de si teima em não envelhecer. Eu mesmo parei de envelhecer aos dezessete, mas essa é uma outra história.

Queria contar de quando o que eu mais queria era ter um pião, tempo em que o meu mundo e os meus sonhos também cabiam na palma da minha mão. O que eu não tinha era dinheiro. Continuo não tendo muito, mas adequei meus desejos às minhas possibilidades e já não sofro tanto.

Ficava rodeando o meu pai a semana inteira. Eu tinha um "batata" feito no torno, presente do meu tio e que enfeitei, pintando com um resto de esmalte de unhas que ganhei de minha mãe, mas precisava de mais piões pra entrar no jogo – e não queria perder o meu.

O que um pai não faz para agradar um filho! No sábado, ele ia pra serraria, pegava um pedaço de madeira, ligava a serra circular e, arriscando os dedos, ia torcendo o sarrafo e torneando mal-e-mal uns arremedos de pião que me entregava para fazer o acabamento. Eu passava dias trabalhando com grosa, canivete e lixa. Fazia um castelo meio descentrado; com uma verruma, furava e colocava um prego pra servir de ponta. Saía um pião cambeta, pererequento, mas saía. Um dia ele me contou o seu segredo: "raiz de araçá é um pião quase perfeito". E me disse que lá, quando menino, fazia os seus com a raiz desse araçazinho rasteiro e safado, que dá uma varinha só com umas três ou quatro goiabinhas. Passei a mão no enxadão e cavuquei o cerrado da Vila Coimbra; era verdade.

E foram muitos os piões que fiz, sonegando o segredo aos outros meninos, invejosos do meu arsenal de batatas, duros como pedra. A madeira é tão retorcida que era mais fácil rachar concreto que um pião de raiz de araçá, eu achava (e ainda acho).

Foi assim que virei Ph.D. em "pionaria", já que eu sabia fazer o pião, botá-lo pra rodar e, se preciso, até pegá-lo na unha.

Ainda hoje me assusta ver alguém, aflito, dizer que vai pegar o pião na unha. Não é fácil, menos ainda no sentido figurado da coisa. É preciso conhecer a aflição como quem sabe fazer um pião, desfazê-la como quem põe um pião pra rodar e enfrentá-la como quem agarra o mundo pelo pescoço. Com paixão e coragem, sabendo que risco maior que o pião corre a unha.

Acho que nunca fiz outra coisa que não fosse enfrentar com paixão as minhas incertezas. Aprendi também a desconstruir metáforas e assim vou levando a vida – pião que todo dia tenho de pegar na unha.

Ah, quase me esqueço do começo desta história. Levei o presente para o menino. Ele pegou o pião, chacoalhou, apertou a ponta e o castelo e me olhou, decepcionado. Acho que ele estava procurando o botão de ligar.

Traição

Às quatro da tarde de sábado, no salão de beleza lotado, no meio daquela azáfama, daquele burburinho, do entra-e-sai de madames – cada uma querendo ser atendida antes da outra –, a Glorinha, entregando a destra à manicure e com a canhota segurando um daqueles fedorentos cigarros de Bali já ardendo pelo meio, fazia pose de melindrosa e dizia entre suspiros, pra todo mundo ouvir:

– Imagina, Soninha, a minha alegria: Dicão parou de beber! Parou de tudo, nem uma go-ti-nha. Nada de guias, bicotinhas, talagadas, vira-viras. O Dicão é outro homem. Outro não, o mesmo, maravilhoouso! Só que sem aquele hálito podre de bebum, aquele bafo encervejado que me provocava náuseas quando ele vinha todo meloso, querendo me beijar. – E Soninha babava de admiração, forçando um ar de insuspeitada inteligência, enquanto a manicure arrancava bifes, seguidos de gritinhos que mais excitavam que incomodavam a cliente.

– Eu sempre falei que ele não precisava beber; ele é alegre por natureza. – A Glorinha continuava sem dar tempo pra ninguém e emendava:

– Ele continua piadista, cantando e tocando violão. Não vai mais pros botecos nem joga bebida nos meus vasos – quantas *Phalaenopsis* e avencas ele matou dando um tiquinho pro santo. Dizia que o santo dele era caboclo do mato e tacava bebida em tudo que era vaso. Agora não. Só bebe cerveja sem álcool, uma gracinha! Continua dando um tiquinho pro santo, só que agora vai jogar lá no canto do jardim, num arranjo de filodendros que eu sempre imaginei que só ia servir para juntar cobras. Ah, como eu estou feliz com o meu novo Dicão...

Duas semanas depois, o Dicão, barba por fazer, amarfanhado, unhas sujas, desgrenhado e soluçante, chega meio ressabiado no bar do Arnoldo, reduto da sua velha turma de bebuns.

– Aí, mermão! Sumida grande. Cara feia é essa, Dicão!?

– Pois é, tamos aí no sufoco. A Glorinha me abandonou; voltou pra casa dos pais. Sacumé... cabeça de muié... É, mas desta vez tenho culpa no cartório, pô! Menti que ia parar de beber. Comprei umas cervejas sem álcool e uma garrafa de vodca, que deixei escondida numa moita de imbé, lá no fundo do jardim. Cê sabe do medo que a Glorinha tem de cobra. Daí que eu só bebia de noite, e de noite ela não ia lá fora. Eu dizia que ia levar a parte do santo, jogava um pouco de cerveja na moita e inteirava a latinha com vodca.

– Bão tamém!

– Bobeei no domingo, churrasco de dia; só escutei o urro, o grito primal lá perto dos imbés: "Vandiqueasdrúúúbaaal (nome composto pra homenagear os avós é fogo), Vandick Asdrúbal, seu cachooorro!" E ela lá, parada, bufando, segurando a garrafa de vodca pelo pescoço. Nunca mais falou comigo. Mas eu facilitei. Esqueci de dar vodca pro santo; só dei cerveja sem álcool pra ele. Ele ficou abstêmio na marra e não aguentou o pastinho. De vingança, fez a Glorinha perder o medo de cobra e aí me entregou. – E suspirou, quase chorando:

– O meu santo me traiu!

Invernos e Veranicos

– Fio, fais um zóio de boi lá fora pra nóis.

Assim começa "Nhola dos Anjos e a Cheia do Corumbá", um dos mais significativos contos do seminal *Ermos e Gerais*, o livro com que Bernardo Élis, em 1944, inaugura a literatura do Cerrado, fugindo do hermetismo de Hugo de Carvalho Ramos e se antecipando a *Sagarana*, o monumento literário que o Rosa escreveu, acho que "inhantes" de ler Joyce.

Sessenta anos de chuvas e trovoadas, sem contar longas e calcinantes estiagens, se abateram sobre a nossa literatura, rotulada pobremente como regionalista, desde então. Chamar um escritor de regionalista é pior que ofender-lhe a mãe. Todos querem ser universais, esquecidos do que ensina Tolstói – escrever sobre a sua aldeia é escrever o mundo – ou, além de cantar a sua aldeia, cantar o rio da sua aldeia, à maneira de Pessoa.

Quem dera fôssemos todos regionais. Eu ficaria contente em ser o universal da minha rua, a rua esburacada, sem calçamento, com aquelas poças que disfarçavam os rasgões das enxurradas, num tempo que parecia chover bem mais do que hoje.

Quando invernava – e todo ano invernava –, a gente ficava preso o dia inteiro, olhando pela janela a chuvinha miúda que atrapalhava as férias de fim de ano e às vezes se derramava até o carnaval. Bem-vindos, o veranico de janeiro e o livro homônimo do Bernardo.

Tempo de chuva era tempo de leitura, de dormir até mais tarde, embalado pelo barulho da goteira que marcapasseava pingos na bacia que aparava a água, colocada ali, bem perto da cama.

– Quando parar de chover, a gente troca a telha quebrada. Subir no telhado agora é perigoso e vai quebrar ainda mais – explicava a avó, com o copo de chocolate quente e a promessa de pamonhas no domingo. Eu ainda não conhecia o conhaque.

Hoje estou meio professoral e saudosista, mas não é nada não, é só porque está chovendo invernado e, preso em casa, tenho lido muito. Também me lembrei de Bernardo Élis, da sua importância para a nossa literatura nesses sessenta anos, e do seu quase esquecimento nesta época de magos e livros de auto-ajuda.

Bernardo merece ser lido – e relido – principalmente pelos jovens, essa turma que gosta de televisão e de shoppings e que talvez não saiba o que significa "ar parado de estampa", mas que deveria saber um pouco mais sobre a nossa literatura, sobre o Cerrado, invernos e veranicos.

Vamos lá, menino, desligue o videogame, comece a ler o *Nhola dos Anjos* e descubra o que é um zóio de boi. Vá lá fora e, equilibrando-se no calcanhar, faça um, três ou sete deles. É simpatia da boa e se você não conseguir fazer estiar, uma aragenzinha é garantida. Aproveite a terra molhada e convide um amigo para jogar finca.

Jogar finca? Epa, acho que exagerei.

Classificando Cachaça

Não aprecio nem recomendo, mas venho observando que ultimamente a cachaça está saindo dos botecos e adquirindo status de bebida refinada, *cult*.

Quase toda semana, em algum jornal ou magazine, desde os de associações de classe aos mais badalados da mídia, sai algum artigo, alguma reportagem ou mesmo "impressões de bebedor", enaltecendo as qualidades do precioso destilado de cana.

Incluindo a alentada sinonímia com que a branquinha é conhecida, que vai de *mé* a aguardente, o esmero e cuidados que cercam sua produção, estocagem e envelhecimento, são tantas as informações que qualquer um acaba se tornando Ph.D. em cachaça.

O governo trabalhou direitinho e no mundo inteiro, quando alguém pedir uma cachaça, já sabe: vai beber o destilado de cana-de-açúcar produzido no Brasil. Também resolveram classificar em tipos, demarcar regiões produtoras, e assim surgiram as cachaças ouro DOC, relegadas as industriais e as muito artesanais ao grupo das queima-goelas. Dessa parte não entendo muito.

Tenho minhas dificuldades quando bebo; percebo na pinga apenas dois componentes – o queimor e a zonzeira. Às vezes ainda me acodem um travo de boca amarga e uma sede matutina muito braba, lembranças de imprudências cometidas na juventude. Fico pensando quantas vezes desejei o Araguaia ou o Tocantins passando no quintal da minha casa.

Sou do tempo em que era só balançar a garrafa para ver o "colar", cheirar profundamente, botar num copo de dose, dar um tiquinho pro santo, virar a *mardita* numa talagada só e sair chicoteando o fura-bolo no pai de todos, engolindo um seco e soltando um "humrrum" gutural que substituía qualquer comentário. Cuspir no chão fazia parte do cerimonial.

Lembrei disso quando li que agora tem até curso ensinando a beber, quer dizer degustar. Biriteiro está virando cachaçólogo, foi o que tentei explicar pro Mané, quando nós estávamos pegando umas sardinhas lá no Dumbá Grande.

Propus que ele fizesse o curso, para aprender a beber pinga em copo de cristal, classificar os aromas e os buquês, perceber os sabores terrosos, travosos, de frutas do campo e outros mais, e ele só assuntando. A coisa pegou e quase ficou feia, quando falei que ele ia também conhecer o tal de retrogosto, e aí ele soltou os cachorros – Comigo não, capitão. Retrogosto não. Tô fora!

E pedindo respeito, se não a ele, pelo menos à minha comadre que escutava caladinha disfarçando a risada, falou que quem entendia mesmo de cachaça era um tio dele que fabricava uma muito apreciada lá pras bandas de Catalão, e, por elogiar todas as que provava, explicava:

– *Meu fii, pinga só tem de quatro qualidade: a boa, a ótima, a ispiciar e a fora-de-série. Pra quem apriceia, num inziste pinga ruim.*

Comprovava a sua *pinião* o rótulo que mandara imprimir numa tipografia em Araguari, e que ele colava cuidadosamente nas garrafas da que produzia: *Legítima Aguardente de Cana Caiana da Marca Rainha do Pirapitinga. Produzida, Engarrafada e Consumida por Nhô Zé Chrisóstomo Pantaleão & seus Amigos.*

Essa era fora-de-série!

Imortalidades Eletivas

Por não acreditar em reencarnação e, obviamente, na tal terapia de vidas passadas, vivo repetindo que a gente só tem mesmo uma vida pra gastar – razão pra caprichar e não fazer besteiras, ainda mais que, como assegura Mestre Rosa em seus enveredados grandessertões, viver é muito perigoso.

Muita gente acha que o perigo reside aí: viver uma vez só e simplesmente, filho de perdiz largado no mundo, deseirado e desbeirado, anônimo contribuinte e, depois, defunto sem choro na hora derradeira.

Desesperado, o cidadão pensa que, se ele não consegue ser alguma coisa que impressione, como amigo de candidato quase eleito, colega de colégio de presidente do Banco Central ou frequente comedor da ambrosia palaciana, a solução é assumir ares de nobreza decadente, imortalizar sua origem, invocar pretensos ancestrais de baraço e cutelo e inventar um palácio em ruínas, na Ligúria. Depois é sair trocando vermelhos, azuis, verdes, preto e púrpura por goles, blaus, sinoples, sable e jacinto, impingindo veiros e contraveiros à ignorância circunstante.

Ah, a Heráldica! Um brasão, ainda que singelo, pode nos apartar de toda indignidade, nos transportar ao panteão dos escolhidos, atestar origem quase milenar e nos livrar de pertencer à ralé, degredados sociais em meio à *nomenklatura* tupiniquim. Até os políticos populistas, quando dizem ter um pé na senzala, só o fazem por imaginar ter o outro em Versailles, eu acho. Alguns são salvos por um ancestral distante, soba no Benim, ou uma bisavó índia, pega a laço.

Na falta de uma boa origem, só resta apelar para outro tipo de imortalidade, ainda que ela seja concedida a prestações. Prestenção! É só passar do terceiro chope que os sem-brasão começam a fazer referências às suas vidas passadas e do quanto já foram importantes em outras "edições". O avatar de um deus hindu, uma sacerdotisa do templo de Amon-Rah, a serpente mitológica de Gilgamesh, o soldado que ajudou a crucificar Jesus Cristo, um dos genros do Profeta, ou a cortesã de um dos Luíses (ou de mais de um, o que não falta nesse mundo é tara!) etc. e tal.

Impressiona como ninguém nunca diz que foi mendigo em Bagdá, analfabeto em Alexandria, operário em Detroit ou que morreu de mal de umbigo num gueto de Varsóvia. Até parece que os humildes estão fora dessa engrenagem e viver mais de uma vez somente acontece com quem é importante ou rico.

Mas, se alguém me provar, cientificamente, que reencarnação existe, mudo rapidinho de opinião; sou besta mas nem tanto e, às vezes, balanço. Quem sabe, fui nobre algum dia: sou monarquista (ah, um rei de verdade, déspota esclarecido, governando uma vida inteira, e não um genérico, ignorante e despótico, a cada quatro anos!). Assim, talvez eu consiga também explicar certos atavismos, como a vontade que me dá de esconder embaixo da cama quando escuto foguetório ou trovoada.

É que também posso ter sido cachorro. E é por isso que não gosto desse tempo de eleição.

Cardápio Alternativo

Para Rafael, Rodolfo e Guilherme, que me aprontaram essa.

A Gastronomia está em alta e cozinhar deixou de ser trabalho desqualificado, já existindo na cidade até curso superior nessa área. As cozinheiras estão de orelha em pé ante a concorrência das patroas (e também dos patrões), vejam só. Vamos ter até um festival gastronômico que promete inserir o pequi e a guariroba no circuito internacional, e eu, que não tenho competência culinária nem pra cozinhar um ovo, enquanto espero a boia ficar pronta, vou contando as minhas potocas.

Essa história não aconteceu pela Páscoa, e seria politicamente incorreto relembrá-la nessa época, não fosse um coelho o responsável pelo acontecido.

A mãe interrompeu o almoço, no primeiro dia de férias, e decretou:

– Abaixo a ditadura! Acabou a ditadura da carne bovina nessa casa. A partir da próxima semana vai ser assim: às sextas-feiras come-se peixe, às segundas, frango; às quartas, carne de porco. Terças, quintas e sábados, tudo bem, carne de vaca. Aos domingos, carnes especiais.

O pai lambeu os beiços, imaginando perdizes estufadas, assados de cordeiro-mamão, costeletas de javali ou mesmo especialidades da terra, pato ao tucupi, sururu de capote, farofa de tatu-verdadeiro e, suprema concessão aos prazeres da mesa, uma abençoada banda de paca, pururucada.

Nada disso. O cardápio do primeiro domingo incluía carne de coelho. Na época, coelho estava na moda e a cunicultura ia de vento em popa, para alegria dos produtores de gaiolas e ração. Os chacareiros criavam coelhos, como depois criariam rãs, codornas, escargôs, carneiros, e agora criam avestruzes. Só se falava em angorás, gigantes-de-flandres, e outros de raças menos cotadas. As geladeiras dos supermercados entupidas de "zoiudinhos".

O coelho chegou à mesa, trazido pela mãe sorridente e vitoriosa quanto à imposição de novos e saudáveis hábitos alimentares na casa. E foi ela quem propôs o desafio:

– Adivinhem carne de que vamos comer hoje?

O mais velho, que beirava os dez, e que tinha acompanhado a mãe às compras, virou-se para os irmãos, o do meio com seis, o menorzinho com quatro, e disse:

– Vou dar uma pista pra vocês – pôs as duas mãos meio fechadas na frente dos olhos, fingiu chorar e cantarolou soluçando, "de olhos vermelhos, de pelo branquinho..."

Nem terminou. O berreiro dos pequenos cobriu a voz da mãe, que ensaiou uma bronca. O pai e o mais velho caíram na risada. Na confusão, recolheram a travessa com o coelho. Às pressas, providenciou-se uma omelete e, com um puxão de orelhas, recomendou-se ao espirituoso primogênito que não fizesse nenhuma referência a pintinhos.

Minha Vida de Cartola

Como era bom jogar futebol na Vila Coimbra. O que não faltava eram um campinho feito a enxada naquele mundaréu de lotes vagos, a velha bola de *capotão* e as traves de madeira roliça, restos de escoramento abandonados no lixo de alguma construção. Difícil era "pegar" um dos times que existiam por lá, naquela época.

O Vila Coimbra, *cartolado* com competência pelo Faizinho Calixto Abrão, era o time dos adultos e nele pontificavam o centroavante Tião "Teba" Mesquita, a dupla de meio-campo formada por Trator e Boiadeiro e, na zaga, os irmãos Esteval e Renato, à época detentor do título de campeão de queda de braço do Mercadinho. Descontado o vexame de perder de 11 x 0 para o Vila Nova, quando se atreveram a disputar o goiano de profissionais, o time dava pro gasto no campeonato da várzea.

Também tinha o time da Chacrinha, cujo campo ficava na beirada do Cascavel, ali perto de onde hoje é a Santa Casa. Era um time de juvenis, e jogar no Chacrinha era meio caminho andado para se chegar ao juvenil do Atlético Goianiense, glória máxima a que se podia aspirar. Por lá passaram Carne-Seca, Ovídio, Pentinho, Pigêta,

Carijó e o Ceguinho, que, acreditem ou não, apesar do apelido era goleiro, e dos bons.

A molecada mais comportada jogava no Igrejinha, o time dos frades dominicanos, na prática comandado pelo Dudu Ferreira e pelo Ernesto Calistrato; o campo ficava onde hoje está a igreja de São Judas Tadeu. Os craques eram os irmãos Cruvinel, Toninho e Adalberto (o Honor é bom de voto, mas, de bola, era de amargar) e o Tõe, irmão do Ceguinho, que depois jogaram como profissionais.

Para a nossa turma, a da Rua 237, não sobrava nada. Não éramos muito benquistos porque, quando menores, gostávamos de humilhar os outros no pião, no estilingue, nos campeonatos de arraia, nos jogos de finca, biloca e biloquê. Por último, já taludinhos, andávamos *englostorados*, ouvindo *roquenrol*, jogando truco, pingue-pongue, bebendo hectolitros de ponche e ensaiando uns passos de bolero, de rosto colado, no Sesc de Campinas. Um escândalo.

Não éramos os piores do mundo no futebol. Um dos nossos, o Alaor, chegou a ponta-esquerda do Goianás, de Nova Veneza, que disputava o Estadual. O resto era resto, todavia.

Foi aí que resolvemos fundar o nosso time. Listamos os 22 que deveriam formar o *titular* e o *cascudo* e nos reunimos para escolher o nome da nossa invencível armada.

Depois de longa e patriótica discussão, estabeleceu-se o impasse entre 15 de Novembro, 7 de Setembro e 24 de Outubro, com sete votos para cada um e um em branco. A coisa não aluía e o Mané, indignado, contou que a turma do Igrejinha andava falando que não éramos de nada e o nome do nosso time ia ser Mentira Esporte Clube.

Da indignação ao consenso e com meu nome na diretoria, nasceu o Primeiro de Abril Futebol Clube, de tantas e tamanhas glórias, que o espaço aqui é pequeno para descrevê-las. Um dia volto ao assunto. Sem mentiras, é claro.

Fins de Rebuçados

Minha vida tem sido uma coleção de projetos abandonados, de decisões adiadas e promessas esquecidas, e nesse ponto acho que não sou diferente de ninguém. Além disso, mudo de opinião com frequência, o que, se me afasta do fanatismo, me inclui no grande rol do que chamamos pessoas normais. Ou quase.

Essa introdução assim, vamos dizer, tão filosófica, é apenas para justificar porque, tendo prometido a mim mesmo nunca escrever sobre livros aqui neste espaço, hoje tomo caminho diverso e, sem querer invadir território de críticos e resenhistas, conto sobre o livro que comprei em recente viagem e que mal comecei a ler.

É do português António Lobo Antunes, psiquiatra que desistiu da arte médica para ser escritor, quem sabe em busca de loucuras mais contundentes, e o título é, no mínimo, estranho para se expor numa vitrine – *Os Cus de Judas*. Lembrei que, por significar lugar distante, nos meus tempos de menino esse era o único palavrão que podia ser usado à mesa e até repetido em salas de aula, sem que ninguém botasse reparo.

Comecei a ler no avião e na segunda linha, ao topar com um "rinque de patinagem", descobri que a edição brasileira estava escrita no português de Portugal, e ainda na primeira página encontrei "sílabas de algodão que se dissolvem nos ouvidos à maneira de fins de rebuçado na concha da língua". Caiu-me a ficha.

Fechei olhos e livro e me vi na varanda de samambaias e begônias da chácara da beira-da-linha, na manhã em que minha avó portuguesa, após cruzar e recruzar as minhas costas com ramos de arruda, e ruminar o que eu imaginava uma mistura de abracadabras e creindeuspadres que me deveriam livrar de quebrantos e maus-olhados, lançados e por lançar, terminou a benzedela com um amém e um beijo e gritou ao meu avô que aparava a crina da égua Briosa.

Ó Carlos, onde estão os rebuçados? Quero dar uns ao Gileduardo.

Eu comecei a rir e foi aos safanões que minha avó me fez confessar que eu ria dos rebuçados que eu não sabia o que eram, e foi com um sorriso que ela me sentou em seus joelhos e disse:

– Olha aqui, ó menino, existem dois tipos de caramelos. Aqueles alaranjados que seu avô compra no armazém do Oreste Orsi, que ficam lá num vidro de boca larga, que têm gosto de laranja, têm formato de gomos e vêm desembrulhados, aqueles são caramelos nus. Esses que vocês chamam de balas e vêm embrulhados nuns papeizinhos, são os caramelos rebuçados. A gente chama só rebuçado, porque sendo rebuçado só pode ser caramelo.

E a pensar no sabor dos fins de rebuçados e em outros tão delicados que as papilas da concha da minha língua já esqueceram, hoje só reconhecendo o que sabe a amargor, e com quantos rebuçados e com quantos nus destrocei os queixais que me fugiram da boca, lembrei que minha conversa com D. Maria Portuguesa, naquela distante manhã igarapavense, terminou mais ou menos assim:

– E é uma pena, ó menino, que não se encontrem mais caramelos de café, de anis ou de alcaçuz que sejam de boa qualidade. É por isso que todos os meninos só querem os rebuçados da macaca.

É Bala Chita, Vó!

O Homem da Cobra

Montava o seu comício nas esquinas e nas feiras-livres. Disparava a sua metralhadora de palavras e prometia mostrar a luta que nunca aconteceu (e nem iria acontecer).

– Senhoras e senhores, vos apresento Dona Catarina, por coincidência xará da senhora minha sogra. Vem de ignotos e recônditos alcantilados da Amazônia e é especialista em luta greco-romana e em outras formas de agarra-agarra. – Começava a função andando em círculos, no meio da plateia boquiaberta, encandeada pela jiboia gorda e lustrosa, gravata viva que ele enrolava no pescoço e que, em seguida, era depositada dentro de uma mala de fibra, daquelas antigas. Abria outra mala e dela retirava um teiú velho e cascorento, com a pele trocada pelas metades, e o jogava no chão, onde o lagarto permanecia em sua imobilidade de fóssil.

– O nosso amigo aqui, o Seu Timotiú, filho legítimo do cerrado do Jalapão, já lutou contra jararacuçus, cascavéis e urutus-cruzeiro. Hoje ele enfrentará uma cobra sem veneno porque, aqui na rua, não temos o antídoto natural do veneno peçonhento dos ofídios, a batata-do-tiú, que ele deve comer toda vez em que se sente envenenado. – E jogava o pobre do lagarto de volta à mala surrada, abrindo uma terceira, cheia de caixinhas embrulhadas em celofane verde ou roxo "sonho-de-valsa".

Chegava a hora da arenga sobre as propriedades miraculosas de um remédio natural, capaz de curar tísica, morfeia, sífilis de quatro cruzes, depurar o sangue, sarar o reumatismo, tirar a reima do corpo, controlar os fluxos, equilibrar os quatro humores hipocráticos e fazer brotar enfermidades recolhidas, fossem elas blenorragia, suspensão, quebranto, mau-olhado, vento-virado ou espinhela caída.

E enquanto os répteis permaneciam concentrados para a luta, o remédio era oferecido. Tinha óleo de peixe-elétrico, manteiga de tartaruga, óleo de copaíba, banha de arraia e o óleo de capivara, que até mereceu este reclame versejado na feira da Vila Nova.

> O óleo de capivara
> É o remédio ideal.
> Pra dor de cabeça e vôm'to
> É mesmo que dizê tchau.
> Véi com mais de setenta
> Que não tá muito legal,
> Com óleo de capivara
> Inda acha que é o tal.

Já matei muita aula no Lyceu para ver a *performance* de homens da cobra na Praça do Bandeirante ou perto do antigo Mercado Central, mas ultimamente não os tenho visto. Achei que estava procurando no lugar errado e resolvi tentar na Festa da Trindade. Encontrei um velho conhecido e fui logo perguntando:

– Cê viu o homem da cobra?

– Tem mais não. O Ibama proibiu.

– Por causa do peixe-elétrico ou da tartaruga?

– Por causa da cobra mesmo. Tá proibido manter animal silvestre em cativeiro. É cana na certa!

E assim decretaram a extinção do homem da cobra. Agora só nos resta tolerar a lengalenga dos políticos, que também armam o seu comício para falar muito e prometer uma coisa, querendo vender outra muito diferente.

Meu Parente mais Sabido

Os jornais noticiaram, a novidade teve escassa repercussão e passadas duas semanas já foi atirada ao oblívio, de onde só será resgatada no interesse do anedotário popular.

É verdade, somos parentes dos chimpanzés. Compararam o DNA dos dois bichos e encontraram 96,4% de coincidências, e eu acho que ainda é pouco, considerando-se os hábitos e as atitudes tão semelhantes dos dois. Inteligência não estava em questão.

Quem duvidar e quiser uma prova contundente, é só olhar para o lado quando parar num sinal fechado. De soslaio, observe o seu vizinho motorista, no carro com os vidros fechados, ar-condicionado ligado, sentindo-se o rei daquele pequeno mundo que ele imagina somente seu.

Primeiro ele se olha no retrovisor interno, coça a cabeça como a perseguir piolhos, arreganha os dentes, passa a unha entre eles querendo limpar algum resíduo e complementa a sessão com um festival de caras e bocas pra guariba nenhum botar defeito.

Em seguida ele dá uma "disfarçada", e, se achar que ninguém está olhando, lá vai o dedo no nariz, a meleca retirada e enrolada entre o fura-bolo e o mata-piolho, para depois ser jogada fora por uma fresta aberta no vidro da porta. O sinal abre, algumas buzinadas, caras feias, imprecações, e todos recuperamos nossa humanidade quase perdida.

Voltamos a ser macacos em outros sinais e em outras circunstâncias. Ligue a tevê, retire o som e assista a um desses programas de auditório ou a um debate em qualquer parlamento do mundo. Você não vai acreditar.

Cientificamente, não só somos feitos com a mesma matéria-prima de que são feitos os macacos, como também somos parentes de todos os seres vivos do planeta, geridos por um DNA que nada mais é que uma longa espiral formada pela sequência variável das mesmas quatro moléculas, iguais para todo mundo.

E se, para além das moléculas, chegarmos aos átomos e às suas partículas, somos parentes das pedras, das nuvens, das estrelas.

Não seríamos, como disse Shakespeare, feitos da mesma substância de que são feitos os sonhos? Ou então, como no filme *Matrix*, apenas a virtualidade programada de um computador? Outra *Invenção de Morel?* Não, eu não quero ser o sonhado do sonhador de circulares ruínas borgianas, nem quero ser deletado, jogado na lixeira de algum *Grande Irmão Orwelliano.*

Prefiro continuar parente de macaco, ainda que eles não queiram ser parentes meus. Quero ser real e palpável e se ninguém puder me beliscar, macacos, me mordam!

E quem não quer ter parente importante? Tenho um, agora não muito distante, o Chicão, que atuava nos filmes do Tarzan (ele até emprestou seu nome para apelidar aqueles antigos macacos de levantar carroceria de caminhão). Era um chimpanzé macho que aqui no Brasil passou por donzela, confundido com o nome de seu personagem, "Cheetah" (guepardo), mal traduzido para Chita mesmo.

Dava pena ver o Tarzan enroscado naquele inextricável cipoal, soltando uns uivos grotescos, desafinados, ou gritando "Krig-ah! Bandolo!" para o "leão do dia" que ele era obrigado a matar a tapas, enquanto o Chicão (tá bem, Chita!) ficava no bem-bom, trocando bicotas com aquela loiraça vestida com um minúsculo biquíni de pele de leopardo, a Jane.

Pois é, assim – assistindo velhos filmes com Johnny Weissmuller – descobri que a Chita (o meu parente Chicão) era muito mais inteligente que o Tarzan.

Navegar

Foi só desapregar do porto de São José dos Bandeirantes e ver o rio inteiro que descia à minha frente. O velho Araguaia de *godoyana* mansidão a se desmanchar em praias, alvos bancos de macia areia ringideira, feitio de botina nova em missa de domingo.

A cinco-metros-bico-chato, o quinze pregado na rabeira, e aquele mundaréu de tralha que quase escondia minha companheira, atarefada em segurar seu chapéu de palha com um escandaloso laço cor-de-rosa, compunham a nave, o mirante privilegiado de onde eu pensava dominar o rio.

Olhei com desatenção umas borboletas amarelas que vinham em voo displicente das bandas de Mato Grosso, serelepes atletas sem a opção do fracasso – é chegar a Goiás ou ao Nada. Avistei um jaburu solitário num bico de praia que contornei à distância – medo de erro, medo de rasura.

Nem se quiséssemos, poderíamos conversar. O barulho do motor de popa nos obrigava ao silêncio. Um banzeirinho maneiro agitava com graça as águas antes espelho e pequeninas gotas voadeiras teimavam em embaçar meus óculos.

Naveguei pensamentos.

Em cada ponto um reencontro. Ali parou um cardume, num ano em que pouco choveu. Naquela curva tinha um jatobá. Cadê? Meu Deus, é aquele tronco caído! Por baixo tinha um sarã. Tinha, pois é, não tem mais.

Aqui me escapou um peixe, nem me lembro quando foi. Era grande, como sempre, o maior. Filhote, pintado, pirarara, sei lá. Era bicho grande e escapou. Tanta coisa me escapou na vida, outras tantas deixei escapar.

A velha caixa d'água ainda está lá, marcando o barranco de traiçoeiras pedras-cangas, rio passando apertado, com pressa de sair do sufoco; vamos indo.

Naquele trecho largo e espraiado em que nada acontece, aconteceu de umas gaivotas barulhentas virem me acordar. Mas foi rápido, elas voaram pra longe dos meus pensamentos e cheguei a imaginar que o Araguaia corre ao contrário do Lete – me faz recordar o que sempre julguei sepultado na neblina do esquecimento.

Na curva do Gonzaga reencontrei o laguinho da Piedade, boca estreita quase assoreada, onde, certa vez, entrei com aqueles três meninos que não me davam sossego:

"Pai, enroscou."

"Põe isca pra mim."

"Tira o mandi, tira o mandi."

Assim, tudo gritado de uma só vez, numa confusão de varas, linhas enroscadas, pitos, risadas, e algumas histórias que sobraram, até hoje contadas em nossas raras reuniões.

Continuei descendo o Araguaia, o caminho de antiga e quase esquecida felicidade, e que muita vez percorri sem dela me aperceber. Felicidade que, com assombro, percebi naquela hora, enquanto eu navegava o rio a navegar lembranças. A navegar minhas lágrimas. A navegar essa imprecisa vida.

A navegar saudades.

Pegando Onça à Unha

Se eu não tivesse testemunhas idôneas, pessoas acima de qualquer suspeita, não me atreveria a contar esta história. Ainda vou ouvir muita gente me chamar de mentiroso e, de antemão, vou desculpando. É pura inveja, aquela que, quando não mata..., mas aí é uma outra conversa, e vamos aos finalmentes.

Quando viemos morar no Setor Sul, em 1977, 1978, as áreas verdes do Projeto Cura ainda não tinham sido invadidas e eram muitos os terrenos vagos, as casas distantes umas das outras, trilheiros rasgando aquela grande invernada de capim-custódio.

Era sábado de tarde, estávamos fazendo um churrasquinho e bebendo cerveja, eu e meu compadre Alexandre Umbelino, quando os nossos meninos, que estavam andando de bicicleta, chegaram gritando:

– Pai, tio, a onça. Tem uma onça na árvore, lá na casa do Dr. Badim! – Abdo Badim, meu professor de Neurologia, havia construído uma casa na 131 e plantado umas espatódeas no passeio. A fera estava lá.

Meio a contragosto, fomos conferir, e não é que era verdade! No galho de uma das árvores, a uns três metros do chão, estava a onça. Era uma jaguatirica ainda jovem, assustada com o bando de moleques que a rodeava. Os meninos gritando em volta da árvore e o "gato" lá em cima "riscando fósforos".

– Olha a onça, pai, cuidado tio, e ela "ffsshhh"...

Não sei de qual garrafa tirei coragem, pois peguei uma escada, encostei-a na espatódea, pedi ao compadre que pegasse em casa um saco de aniagem, e subi até chegar à distância de agarrar a onça com um bote.

Falei pra molecada fazer barulho do outro lado e, quando a jaguatirica tirou os olhos de mim, eu a agarrei com as duas mãos, a esquerda no cangote e a direita nas ancas, e dava gosto ver a bicha esperneando, tentando me acertar umas "zunhadas".

Abriram a boca do saco e eu tibum ela lá dentro. Aí foi só telefonar ao professor Mauro Carneiro, à época diretor do Zoológico, e pedir instruções. A jaguatirica foi entregue ao veterinário de plantão e passou a integrar o acervo do antigo Horto Florestal.

Durante 25 anos desfrutei de imerecida glória. Passei por audaz e corajoso, e, se algum menino falava que o pai saltava de paraquedas ou tinha escalado o Aconcágua, os meus retrucavam:

– É, mas o meu pai pegou uma onça com a mão, e eu vi!

Nunca conheci ninguém que tivesse pego onça à unha, exceção feita a este que humildemente se vos apresenta. Hoje vou contar como foi que arranjei tamanha coragem.

É que, quando cheguei debaixo da árvore, vi, no pescoço da onça, uma faixa de pelo mais claro, mais limpo, sinal de uma coleira que seu provável dono deveria ter-lhe colocado. A coitadinha era mansa de coçar, devia ser criada no quintal de algum vizinho e havia fugido. Bom seria se não lhe tivessem arrancado as garras, como fazem os corajosos domadores de circo.

Peço desculpas aos meninos que enganei com minha quixotesca coragem, aos que tiveram paciência de ler e, quem sabe, até acreditar nesta história, e à coitada da jaguatirica domesticada que maltratei, agarrando-a com força pelo cangote. Acreditem, coragem não foi pegar a onça; foi escrever esta história.

Eu e meu Amigo Palhaço

Éramos a classe do segundo primário e numa segunda-feira, lá pelo meio do segundo semestre, ganhamos um novo colega. A professora apresentou o moleque à turma, explicando mais ou menos o seguinte:
— Este é o novo colega de vocês. Ele ficará conosco por duas semanas. Os pais dele trabalham no circo que chegará daqui a alguns dias, e o Chiquinho vai dar o lugar aqui na frente para ele (*noblesse oblige*, o Chiquinho era filho da professora). – E colocou o menino ao meu lado, na carteira dupla da primeira fila.

Tipo meio esquisito, com um sorriso que não brotava nem sumia, mania de coçar a cabeça que provocou imediata revista sem sucesso, ele abriu uma bolsa monstruosa e dela começou a sacar uma cópia de cadernos engordurados, cheios de orelhas, uns lápis apontados dos dois lados e uma borracha que mais parecia servir para sujar que para apagar alguma sujeira.

Foi só a mestra virar as costas para anotar na lousa que ele começou a fazer as suas artes. Virou-se para trás, fez uma careta horrorosa e, ante o assombro, caímos na gargalhada. Dona Aparecida olhou para trás; tapávamos a boca, e o espertinho, cabeça baixa, remexia nos seus trecos. Ela voltou-se à lousa e a cena se repetiu. Ela desistiu e chamou o Chiquinho para o ofício de escriba.

No intervalo, com a desculpa de mostrar-lhe a escola, ela pediu que ele permanecesse em sala. Nunca soubemos o tamanho da bronca, mas as caretas desapareceram durante as aulas, passando a ser a alegria dos recreios.

Também era exímio fazedor de truques e mágicas e nos contava os seus segredos; até hoje sei fazer um truque com o lápis que me rende a admiração das crianças da família.

No segundo domingo, fomos convidados para a matinê. Toda a turma reunida, a pé, do Largo dos Cachorros à Praça da Estação, onde estava o circo e, no meio do espetáculo, surge o nosso colega com um macacão de losangos, com jeito de arlequim, a boca pintada de branco; no nariz uma bola vermelha. Ele era aprendiz de palhaço.

No dia seguinte o circo viajou, Chiquinho voltou ao seu lugar e do nosso colega provisório não mais tivemos notícia.

Nunca mais o vi e guardo dele boas lembranças, embora tenha me esquecido do seu nome (são os janeiros, eu sei!). Às vezes ele me aparece em sonhos, em pesadelos.

Vejo-me e a ele, maquiados como *clowns*, sentados numa grande arquibancada, de resto vazia, em um circo continental com uma multidão de artistas que se acotovelam e se digladiam para garantir um lugar no picadeiro. Depois, estamos os dois no picadeiro, e eles a nos observar da arquibancada, com pose de generais, circunspecção de magistrados, gana de banqueiros, volúpia de executivos, perfídia de parlamentares, falsidade de diplomatas, empáfia de marqueteiros, a zombar da nossa pífia representação, felizes com o alto preço que pagamos pela sua presença e a nos brindar com pouca atenção e minguados aplausos.

O meu amigo imita cada um dos meus gestos. Quero esbofeteá-lo e só consigo quebrar um grande espelho que, em centenas de milhões de pedaços, reflete a minha (a dele?) imagem de palhaço do Gran Circo Nacional.

Para que Serve um Dicionário

Foi um jantar simples, comida caseira, pratos comuns da nossa terra: frango, guariroba, quiabo, arroz-feijão e uma salada de folhas e tomates.

A companhia não poderia ter sido mais agradável. Recebíamos em casa alguns dos nossos confrades da Congregação do Santíssimo Redentor, em comemoração a uma data cara a todos nós.

Sou um grande admirador dos padres redentoristas. Eles são excelentes "palestreiros", hábeis contadores de histórias, de casos pitorescos que recolhem em sua peregrinação pelos sertões ou na periferia violenta e desumana das metrópoles. São missionários, pisam o chão dos comuns e conhecem a alma do nosso povo.

Terminado o jantar, fomos prosear na sala de estar, botar em dia umas histórias de pescaria e aguardar o cafezinho, quando lá chegaram os três meninos para o boa-noite, que o outro dia era preto na folhinha e a aula às sete da manhã.

Alguns dias antes, eu havia recebido de presente um livro – uma coletânea de piadas com o título de *Novas e Velhas, Sujas e Limpas*, edição caprichada na qual as novas e as velhas distribuíam-se em igualdade, mas as limpas estavam em flagrante minoria.

Entreguei o livrinho ao mais velho dos três, com a observação machista de que ele já era "homem o bastante e tinha idade para saber daquelas coisas", recomendando que ele não mostrasse o livro aos irmãos.

– De jeito nenhum!

Até parece que nunca fui adolescente. Lógico, ele repassou o livro para os menores, se é que não o leram em conjunto.

O menorzinho, recém-alfabetizado, resolveu demonstrar suas habilidades literárias aos meus amigos padres, lendo alguns trechos de um livro de arte que estava sobre a mesa de centro quando, subitamente, interrompeu a leitura e perguntou, docemente:

– Pai, posso contar uma piada?

– Pode! – eu falei meio distraído, já imaginando uma história sem graça que ele deveria ter aprendido com a *tia*, na escola. E ele:

– Era uma vez duas putas...

– Menino, o que é isso? Onde você aprendeu? – Eu o interrompi quase gritando, surpreso com o palavrear inusitado.

– No livro do senhor. – Ele choramingou, apavorado com a minha reação e aumentando o meu constrangimento.

– E você sabe o que quer dizer...

– Sei sim, pai – e feliz, vitorioso –, li no *Aurélio*, o senhor pode conferir, é meretriz, prostituta, quenga, rameira, vadia...

E enquanto caíamos na gargalhada, ele foi recitando mais de vinte sinônimos, sem ter a menor noção do real significado daquelas palavras.

Pelo menos foi o que imaginei, naquela noite.

Crônica da Contrarrevolução

— Acorda, acorda, invadiram a Uges. — foi o grito sussurrado que eu ouvi na minha janela, ali pela meia-noite.
— Quem invadiu?
— Sei lá. Começaram a atirar e a gritar. Saí pelos fundos e atravessei o Horto. Preciso esconder.
— Quem estava lá?
— O nosso pessoal. Todo mundo. Era reunião.
— Então tá feio. Vou te esconder na serraria.
Atravessamos a rua, entramos serraria adentro e, no escuro, retirei algumas tábuas do porão da serra francesa.
— Pode descer, não é fundo. Esparrame a serragem e faça sua cama, volto amanhã, — falei e entreguei o lençol de saco de farinha alvejado e o cobertor sapeca-negrinho. — Até amanhã!
O dia seguinte era domingo ou feriado, não me lembro mais; só sei que os operários não vieram trabalhar. Levei um café-com-leite-pão-com-manteiga que ele devorou como um náufrago. Ficamos os dois sentados numa pilha de madeira e avaliamos a situação.
Ele precisava fugir, era óbvio, mas pra onde e de que jeito? Decidimos que ele deveria pegar um ônibus para Poções e ficar por uns

tempos na fazenda da avó do Mané. Na beira do rio Turvo, barra do Samambaia.

– Cê ainda sabe o caminho? São três léguas a pé.

– Acho que sei. Vou perguntando pelo tio Caboclinho. Quem não sabe onde mora tocador de sanfona? Quando esfriar, eu volto.

Não tínhamos automóvel, e ir até a Estação Rodoviária seria uma temeridade. Arrumei num saco de papel umas roupas velhas e saímos em direção à estrada. A saída era ali mesmo, no sopé do Mendanha, onde hoje está a estátua do Padre Pelágio.

Fomos os dois na Monark Jubileu, nos revezando no pedal e na garupa, e no caminho tramamos a contrarrevolução. Marcamos até a data da tomada do poder pelo povo. Era questão de dias. Meses, no máximo.

Ele ficou esperando o ônibus (deixei com ele os trocados que eu tinha) e soltei a bicicleta, desembestada, morro-abaixo até a ponte do Anicuns.

Foi na subida, a pé, empurrando a Monark, que comecei a duvidar dos nossos absurdos propósitos. Com aquela pobreza financeira e ideológica, o zé-povinho dificilmente chegaria ao poder, e a história daquela fuga – vá lá, retirada estratégica – nunca seria incluída entre os feitos heroicos do nosso povo.

Naquele dia, até achei que ela pudesse servir de inspiração para uma comédia italiana (Mario Monicelli seria o diretor), mas hoje acho que nem pra isso ela serve. Quando muito, aquela aventura daria uma enfadonha crônica de jornal.

Meninos em Foto Antiga

A fotografia está em minhas mãos. Mostra um canto da sala de aulas de uma escola pública; são quinze meninos em suas carteiras. Os tampos de madeira ainda têm os furos onde se encaixavam os antigos tinteiros.

Os meninos estão na minha lembrança. Contabilizo, num rápido olhar, oito médicos, dois engenheiros, dois advogados, um geólogo. A imagem dos outros dois me parece distante, embaçada na noite da memória.

Sorridentes e tranquilos, os adolescentes. O que aconteceu algum tempo depois, se ocorresse hoje, talvez causasse indignação, protestos de ONGs, reportagens e manifestações de repúdio. Não sou devoto da pedagogia schopenhaueriana – o que nos talha o caráter é o que nos maltrata –, mas posso assegurar que nenhum deles guarda qualquer trauma em decorrência daquele fato exemplar.

O professor faltou à aula, e o bedel (meninos, corram ao dicionário!) não liberou a turma para o pátio. Alguém jogou uma bola de papel: foi a senha.

Carteiras foram arrastadas, e a turma dividiu-se em três alas: duas de contendores e uma de pacíficos observadores agrupados em um canto. A caixa de giz foi derramada no chão e a munição disputada a empurrões. O bedel saiu; a porta foi fechada e escorada com uma carteira. Pedaços de giz, bolinhas de papel, borrachas, tampas de caneta cruzavam o espaço.

O fragor da batalha foi abafado pelas batidas na porta. O bedel empurrou a carteira e o diretor entrou. Silêncio. Com fama de severo, disciplinador, ainda não chegara aos quarenta. Nada disse, não recriminou ninguém; dirigiu à turma um olhar que denotava decepção ou mágoa.

Pediu ao bedel que providenciasse baldes com água, panos, vassouras, rodos e espanadores. O material chegou e só então ele falou, sem elevar a voz, sem mudar o tom, enfatizando a palavra "senhores", como se estivesse ministrando uma aula.

– Os senhores acharam que tinham o direito de sujar. Tudo bem, mas agora, convenhamos, os senhores adquiriram a obrigação, o dever, de limpar. Os senhores têm até a próxima aula para limpar e organizar esta sala, deixando-a como ela estava quando os senhores chegaram, no início da manhã. – E completou:

– Também acho que, em respeito ao patrimônio público que os senhores com tanta alegria dilapidaram, a caixa de giz deve ser reposta. Façam uma vaquinha e comprem uma nova caixa. Pensando bem, uma não. Comprem logo três. Duas ficarão ali no canto, de reserva, para que os senhores, após esta trégua, possam recomeçar a sua batalha de giz, se acharem conveniente.

O diretor saiu, e dele, aqueles meninos guardam até hoje a admiração e o respeito pelo mestre que os ajudou a se tornarem, de fato, respeitáveis senhores. A sala ficou um brinco, e no outro dia lá estavam as três caixas de giz. Uma foi logo utilizada; as outras duas ficaram na ponta do aparador, fechadas, intactas, e não se ouviram mais notícias de batalhas de giz naquela sala.

Homem no Jardim

Numa hora qualquer da calma do dia, o homem solitário sentou-se no jardim, cuidando de não amassar uma folha de serralha que teimava em brotar, meio sufocada, no tapete de grama aparado rente.

À sua frente o lago – alguns metros quadrados que refletiam pedaços de um minúsculo céu. Uma libélula lavabundeou em esguichos, gotas de pequena água sobre uma folha seca que flutuava. Ventava. Noroeste? sudeste? leve vento levantou. A folha afastou-se, a libélula voou ao encontro de umas outras e desapareceu. O céu parecia ondular no chão de água.

Um pássaro cantou. O homem ouviu o canto e imaginou o pássaro. Depois, sorriu ao lembrar que o canto do sabiá não adivinha a simplicidade da sua plumagem. Nem outros cantos outros pássaros. Sorriu do voar de seus pensamentos. Em outro canto, outro pássaro voou.

Uma borboleta pousou sobre um bem-me-quer, mal suspeitando a escolha. Uma joaninha vermelha descreveu seu improvável voo e sumiu no desvão escuro da folhagem.

A nesga de luz que escapa entre os galhos de uma árvore próxima, projeta sombras na placidez do lago. O vento se foi. Um inseto titubeante cai na água e é apanhado por um peixe. Suaves ondas concêntricas afastam-se da vida e da morte.

Perfumes de flores, indecifráveis, indecisos, misturados ao cheiro cru da terra úmida, há pouco revolvida. Verdes de todos os matizes em folhas de todos os formatos. Ou quase. Troncos, talos, hastes, colmos, forquilhas, folhas. Passa uma nuvem e a sombra traz um calafrio; o homem cruza os braços e espera.

Há uma gota d'água presa na geometria precisa da teia que uma aranha teceu entre duas folhas. A gota despenca e agita levemente o trançado. A aranha abandona seu esconderijo, percorre o rendilhado e volta a se esconder.

Zunem abelhas. A sirene de um mangangá assusta o homem. Ele move rápido a cabeça e vê jataizinhas amarelas flutuando ao redor de um delicado tubo de cera que parece brotar de um tronco caído. Apura os ouvidos como se quisesse ouvir os que vivem em silêncio. Outros sons se misturam aos cantos, zumbidos, farfalhares, assobios, e lentamente se afastam. Acodem lembranças.

O homem olha as palmas das mãos e não consegue ver, nos seus dedos, as pequeninas mãos que um dia neles se agarraram. Gira as mãos, de súplica a bênção, e só vê as marcas do tempo e do sol.

Um trovão arranca o homem da sua saudade e ele retorna à casa, aos primeiros pingos graúdos da chuva que o vento frio anunciou.

Após a breve chuva, o homem pensa retornar ao jardim e desiste. Continua a remoer suas lembranças, como se folheasse um álbum de fotografias muito antigas.

Lá fora o jardim, em sua tranquila indiferença.

Inconsistentes Fragmentos de Memória

No início do conto O *Aleph*, Jorge Luis Borges relata, enfatizando seu desgosto, que a corriqueira troca de uns cartazes de rua – que anunciavam sabe lá que cigarros vermelhos – sinalizava que o vasto e incessante universo seguia o seu curso, e afastar-se dos que morrem, como de Beatriz Viterbo que morrera naquela manhã, não infringia nenhuma de suas leis, antes as confirmava.

É o universo que se afasta ou somos nós – precários, finitos universos – que afastamos da memória os nossos mortos? Haveria algum lugar distante ou improvável, um fantástico *Aleph*, um ponto no universo que contivesse em resumo todos os seus acontecimentos, onde pudéssemos recuperar na memória aqueles a quem esse mesmo universo abandonou? Às vezes, esse *Aleph* se materializa em ocasiões fortuitas, corriqueiras, nas desastradas associações entre lugares e fatos, e a lembrança do amigo morto irrompe e se cristaliza à nossa frente.

Conto o que aconteceu comigo. Recebi a notícia com tristeza: aborrecia-me perder o amigo, mais ainda porque em quase nada pude ajudá-lo. Atormentava-me a remota alusão, que meu inconsciente maquinava, de que eu pudesse em algum momento tê-lo abandonado. O tempo, corrosivo, fez a sua parte: não sei se eu, se o universo, ou se ambos estávamos nos afastando. Os conhecidos já não diziam, brincando, que éramos sósias perfeitos, e que deveríamos nos encontrar todas as manhãs no espelho (é falsa esta afirmação: nem o gêmeo idêntico reconhece no espelho o outro). Os jornais não citavam o seu nome; talvez ainda o fizessem as empresas que acompanham o andamento dos processos judiciais. Sem perceber, eu também estava aceitando a nova realidade, a ausência do amigo morto.

Muitas vezes cruzei a esquina do tabelionato do 1º Ofício a caminho do trabalho. Nem sei quantas vezes o vi ali, na mesma esquina onde ele morava, com a roupa simples e desarranjada dos dias de folga ou com a formalidade do terno-e-gravata que a liturgia da profissão lhe impunha. Na última vez o notei deselegante: o terno marrom me pareceu grande, disforme; na hora não atinei que meu amigo estava mais magro, que a doença o encolhera e que uma distante palidez sinalizava a derrota iminente, indesejada.

Sempre passei naquela esquina às carreiras, mas agora os da prefeitura instalaram lá um sinaleiro que parece implicar comigo e envermelha tão logo me aproximo. E assim fico ali, parado, obediente, a observar a multidão que se espreme debaixo do toldo exíguo do balcão de reconhecimento de firmas do cartório. Vejo o muro amarelo enegrecido pelo tempo, um número que nunca recordo, um vendedor de frutas, carros em fila dupla, um homem loiro e de boné que oferece vagas num estacionamento, a parede de pedra escura, a eloquência calculada nos tribunais, a observação meticulosa e detalhada de fatos corriqueiros, os presentes indeléveis (um disco, um livro, um quadro), o absurdo, a morte, a ausência.

Deixo a esquina no verde. Volto no dia seguinte e na mesma esquina, em escassos trinta segundos, restam parados carro, vida, universo. Vejo com assombro, no farol vermelho, a representação do meu diminuto *Aleph*. Entre imagens, símbolos, reminiscências, sonhos, busco reconhecer um inconsistente fragmento de memória. Meu amigo, sorrindo, me observa de lá.

~ *124* ~

Sobre Duas Pedras

Para Gabriel Nascente, poeta

– Chega de política! – Não chegou a ser um grito, mas o punho fechado, batido a meia força no tampo de madeira, balançou copos e garrafas e prenunciou a resolução unânime do pessoal da mesa 14.

– É isso aí! Chega! Não aguento mais tanto ladrão. Gente, até os meus amigos! Todo dia, quando abro o jornal é um susto. Antes, era nos avisos fúnebres, mas agora é no noticiário nacional.

– Policial!

– Político!

– Tanto faz. Estão até pensando em abrir cartório pra registrar candidaturas no Cepaigo, na Papuda, no Carandiru...

– Carandiru fechou!

– É pena, vai fazer falta.

– Cheeegaaa! (outro murro na mesa e instalou-se a democracia).

Depois de alguns minutos de obsequioso e envergonhado silêncio, em que os copos foram remuniciados, calculada e pedida a cerveja para a próxima rodada, alguém propôs que falássemos sobre alguma coisa agradável e inútil. Um outro sugeriu a poesia.

E cada um do seu canto, do seu copo, começou a palpitar. A discussão principiou em Homero, passou por Virgílio, Dante, Petrarca, Camões e entalou no "alma minha gentil, que te partiste", que alguém garantiu ser plágio, além de cacófato; pediram opinião ao poeta que até então permanecera calado e que calado ficou, distante, como se não tivesse entendido a pergunta.

– O que é poesia? – Um imprudente insistiu, e o poeta balançou os ombros como se respondesse "tô nem aí", bebeu um gole e repetiu a resposta que Santo Agostinho deu quando lhe perguntaram sobre o tempo.

– Se não me perguntam, eu sei o que é. Se me perguntam, não sei!

A conversa foi ficando insossa, opiniões divididas entre prosa e poesia, o assunto política refluiu e logo derivou para técnicas de castração (houve a sugestão, aprovada, de se substituir a cassação pela castração), e se a melhor era "de volta", com turquês *Burdizzo* ou no canivete. E aí teve início a lengalenga sobre a arte de amolar a faca sem virar o fio.

Aproveitei e contei de uma viagem que fiz pelo interior da Bahia e da pedra de amolar que comprei em Lençóis, na volta. Pedra de primeira: um lado grosso pra vazar, o outro, mais fino, pra afiar, e que acabou sendo usada para escorar a porta da minha casa, por obra e graça de uma arrumadeira ignorante em arenitos e amolação. Onde já se viu escorar porta com pedra tão valiosa!

Foi quando o poeta abdicou do seu silêncio e contou que, há muitos anos, um meteorito tinha caído perto da sua cidade. O pai era político influente, e um puxa-saco arrancou a marretadas um pedaço da pedra e o deu de presente ao chefe, antes que levassem o meteorito para um museu, na capital. O calhau ficou abandonado pelos cantos até que acharam para ele uma serventia: escorar a porta da rua. E concluiu, salvando a poesia:

– Quando eu era menino, tinha uma estrela escorando a porta da minha casa.

Com os Pés no Chão

Gosto de todo tipo de trabalho e acho que ficaria satisfeito sempre que pudesse fazer qualquer coisa que me ocupasse o tempo, produzisse algo durável ou que fizesse outra pessoa mais feliz. Desconsidero, para mim, ofícios que pressupõem um mínimo de talento, já que dele sou desprovido, embora tenha me esforçado: toquei corneta, ensaiei umas tantas peças de teatro, corri atrás de bola, tentei judô, assassinei uns sonetos e desafinei incontáveis serenatas. Coitado do meu violão.

Também gosto das pessoas que trabalham nas coisas simples, que exercem com alegria e tranquilidade o seu mister, pouco se preocupando com o que deles pensam aqueles que se julgam importantes e poderosos, que apõem ao seu nome os títulos quase nobiliárquicos que denominam a profissão que exibem com empáfia e estardalhaço.

É que às vezes me assusta perceber o quanto há de preconceito – embutido em atitudes aparentemente simples, em avaliações comezinhas, em comparações grosseiras –, quando tais prepotentes se dignam avaliar e julgar as pessoas pelo ofício que exercem. Não foram poucas as vezes em que vi cavalheiros e madames espinafrando secretárias e telefonistas e depois se derretendo em reverências e salamaleques ao chefe, patrão, doutor ou autoridade. Faz parte.

Parece que só são dignas de valor – aos olhos daqueles deslumbrados – as profissões que exigem algum esforço intelectual, pessoal ou alheio, ou o exercício de algum cargo, para cuja nomeação, mais que competência, se pressupõe o parentesco ou o compromisso. O que é feito com as mãos, se não é obra de arte, é coisa de pouca valia, não confere respeito e nem merece pagamento digno. Qualquer um acha que pode tomar uma vassoura e sair por aí limpando o mundo: esquece-se do suor, dos calos, do movimento metódico e repetitivo do varrer, do cansaço, e, ao desvalorizar o gari, nem se dá conta da alegria do outro por estar empregado, cumprir sua tarefa, sentir-se útil; trabalhar. Quantas pessoas varrem a porta de suas casas?

Às vezes escandalizo alguns afoitos quando digo que eu mesmo fiz, com as minhas mãos, os primeiros móveis da minha casa (com exceção das cadeiras e quem é do ramo sabe o porquê), ou quando demonstro alegria em realizar trabalhos simples e banais.

Mas, o que mais me agrada é o que faço nas manhãs de sábado. Tenho por hábito eu mesmo engraxar os meus sapatos, ofício-pequeno-prazer que poucas vezes deleguei a alguém. Recolho os sapatos que estão no armário, pego a minha caixa de engraxate (que agora é de plástico) e vou para a varanda. Limpo de cada um deles o mofo do guardado, conserto os danos dos embates da semana e, por fim, retiro o par que estou calçando, jogo as meias para um lado e, lentamente, limpo a sujeira, passo a graxa com cuidado e depois capricho no lustro final com escova e flanela.

É nessa hora que esqueço as bordoadas que também levei, apago da memória angústias, tristezas, frustrações, sinto emergir o sabor das coisas simples e penso numa crônica que um dia ainda vou escrever, assim, desse jeito, com as mãos sujas, o pensamento livre, o coração aberto e os pés no chão.

– Vai a graxa, doutor?

O Nó da Madeira

O problema começou quando escrevi que tinha feito os primeiros móveis da minha casa: passei a ser olhado de esguelha por amigos e vizinhança. Ninguém teve coragem de me chamar de mentiroso, mas vontade não faltou aos que perguntavam, curiosos, sobre detalhes da profissão que nunca exerci, qualidades e serventias das madeiras que deveria conhecer e sobre as ferramentas que eu teria utilizado no duro mister de carpinteirar.

A cada um que perguntava, eu ia desfiando o antigo saber acumulado em montanhas de serragem e, em cada um, via o olho estatelado de assombro, os "hum-rum" e os "sim senhor", quando não simplesmente um balançar de cabeça em concordância, feitio de lagartixa em cima de muro.

– E você era marceneiro, carapina ou carpinteiro? – Eu ouvia calado, o especula se achando um sabe-tudo, e depois explicava que nem serrador, tanoeiro, entalhador, marcheteiro ou lustrador eu tinha sido.

Só nunca contei que nem preciso fechar os olhos para me ver na oficina do meu pai, sentir o cheiro do cedro, da imbuia ou do bálsamo recém-cortados, rever a bancada de prancha grossa, cocho, morsa e carrinho: o banco de carpinteiro, velho e desgastado, com cortes, crostas de cola, serragem e manchas de extrato de nogueira. Embaixo, a caixa de pregos; em algum canto, uma boneca de meia recendendo a verniz de goma-laca.

Ainda abro na memória o armário de duas portas e a caixa de madeira sem acabamento e de lá retiro, uma a uma, as ferramentas que deixo levitando ao meu redor. Um serrote Greaves, grandalhão – outro pequeno, de encosto –, martelo, macete e marreta; formões, goivas, enxó; plaina, garlopa e rabote; lixa, lima, limatão e grosa. O arco, os ferros de pua, brocas, trados e verrumas, e mais graminho, guilherme, dente-de-velha, régua, esquadro, compasso, o metro dobrável, e o lápis de grafite retangular, apontado a formão, que tento apanhar no ar e colocar atrás da orelha.

Limpo os olhos e conto nos dedos as peças que fiz, sempre sob o olhar atento e a supervisão do mestre, no ofício em que nem cheguei a aprendiz, como de resto tento ser na vida. Nunca fiz caixão para enterrar tristezas, ou violão que me alegrasse as madrugadas, mas fiz gaiolas, prendi passarinhos e ainda hoje me arrependo.

Fiz os móveis, sim, os mais simples que pude desenhar. Eles foram sendo descartados nas mudanças e, com o tempo, substituídos por outros mais adequados à família que crescia.

Resta uma arca grandalhona e pesada, laterais almofadadas em pau-ferro, meio abandonada num canto escuro da casa. Às vezes, apressado, esbarro em uma de suas quinas, antevejo uma equimose na coxa e fico parado, coçando a pancada para aliviar a dor. Tenho medo de abrir a arca, encontrar dentro dela as ferramentas que sei não estarem lá, ou reviver alguma lembrança que de lá teima em sair.

Olho para as mãos, hoje sem calos, saio esfregando a perna e vou para o escritório. Carpinteiro do ar, fabrico a crônica da semana: esta.

Previsões

Três coisas não se pode recuperar: o fósforo riscado, o avestruz comprado e o voto dado. O passado a Deus pertence. Adeus!
Se chorar o leite derramado é sinal de fraqueza, vamos pensar no futuro. O ano velho está agonizando e, animados para a grande passagem, muitos magos, videntes, babalorixás, tarólogos e nigromantes afins vão lançar as suas previsões, algumas apocalípticas, outras simplesmente hilárias. Como depois ninguém confere, vale tudo.

Arrisco também fazer as minhas, e dizer o que vai acontecer neste Ano Novo que vem vindo por aí, rompendo nas cabeceiras, e que a gente torce para que ele traga sossego pra quem precisa, esperança pra quem se cansou de ser feito de besta, saúde pra todo mundo e uns "cobrim mais farturento", o que também seria bom. Pena que nenhum ministro deste governo se pareça com o Geraldinho da Bela Vista. A gente se estreparia com muito mais alegria e "sastisfação".

Será um tempo de muito trabalhar e pouco produzir: teremos eleições. O pessoal continuará mentindo nas CPIs, único lugar onde quem chora, mama. Nossos representantes votarão uma nova lei: o caixa dois será o número um. Os mesmos ... (espaço a ser preenchido pelo leitor, segundo suas convicções) disputarão e ganharão as eleições. O Braz permanecerá tesoureiro da Viúva e o nosso presidente continuará não sabendo de nada. Urgente – Delúbio pra presidente! Este sabe das coisas.

Copa do Mundo: "todos juntos, pra frente Brasil!" e a pátria de calções e chuteiras será de calções com grandes algibeiras, pra guardar os cobres dos nossos valorosos rapazes. Locutores esportivos continuarão não sabendo se estão narrando futebol ou corrida de Fórmula 1. Na dúvida, chegaremos em segundo.

Como novidade teremos o Carnaval, e os comentaristas das redes de TV berrarão ao vivo e em cores que estamos assistindo ao maior espetáculo da Terra. As mesmas peladonas, as mesmas alegorias, os sambas sempre "atravessados" e os mesmos camarotes de cervejarias. Ainda bem que o Itamar não estará por lá. Ou pena, conforme o ponto de vista do observador.

Na economia bateremos recordes, infelizmente, e como sempre, negativos. Nenhuma previsão de qualquer economista deverá ser levada a sério, segundo Pai Jorginho dos Búzios, professor de pós-doutorado em previsões macroeconômicas do nosso MIT – Ministério da Ilusão dos Trouxas –, ONG com ramificações e infiltrações em várias áreas (economia, política, imprensa, religião etc.).

Depois do vexame, cientistas coreanos desistirão de clonar humanos em laboratórios. Alguém vai explicar a eles que não precisa. Japoneses, chineses e coreanos são, milenarmente, clonados ao natural. É só caprichar.

A ciência avançará, e a fome também. Descobrirão mais um anel em Saturno, uma supernova em uma galáxia desconhecida e os celulares serão vendidos a cinquenta centavos. Grandes descobertas para o bem-estar da humanidade, se é que me entendem.

Bin Laden permanecerá desaparecido, americanos morrerão às pencas no Iraque, um casal de atores famosos se separará e novas uniões de socialites serão reveladas, nem sempre ortodoxas, é claro. Morrerá gente que nunca morreu, nascerá quem nunca nasceu, e os que acreditam em reencarnação continuarão discordando do cronista.

A lista é extensa e, quanto mais tento fazer previsões, mais parece que estou a organizar uma dessas retrospectivas indecentes que aparece todo final de ano; tudo se repete. Melhor é parar e fazer a única previsão infalível de que sou capaz: no ano que vem minha mulher fará mais uma reforma aqui em casa. Quem quer apostar?

Queixas ao Vento

A MÁQUINA DENUNCIADORA

Na BR-060, no trevo de Abadia, instalaram uma barreira eletrônica, vulgarmente apelidada de máquina de multar. Antes dela, nos dois sentidos, dois conjuntos de sonorizadores, esses arremedos de quebra-molas que dizem servir para alertar os motoristas, mas que são ótimos para danificar os componentes eletrônicos dos automóveis. Os obstáculos grosseiros assustavam tanto que os motoristas freavam e evitavam a multa, passando lentamente pelo trevo. Semana passada tiraram os sonorizadores. Agora ninguém mais se assusta e a máquina, que estava dando prejuízo, pode multar à vontade.

No posto da Polícia Rodoviária, próximo a Guapó, onde não tem máquina de multar, os sonorizadores continuam a incomodar.

O SAPATO INGLÊS

Comprei um par de sapatos, de preço compatível com a notoriedade da marca, com a elegância da loja e com o atendimento prestimoso da jovem vendedora.

Era janeiro e chovia; um dos sapatos começou a fazer água, o que acabou danificando a palmilha direita (a esquerda ia bem, naquela época). Voltei à loja e reclamei. Deixei lá os sapatos que foram enviados à fábrica para análise. Tempos depois, eles me foram devolvidos. Trocaram as palmilhas, que estavam estragadas, e explicaram, em formalíssima carta, que os calçados eram manufaturados com técnica especial (entre parênteses, o nome em inglês) e que era assim mesmo: quando submetidos às intempéries, deixavam a água entrar e eu que tomasse cuidado.

Felizmente parou de chover; espero que não entre poeira.

O TOURO E O CAPIM

As listas telefônicas estão desatualizadas. A operadora A tem um serviço de auxílio à lista, mas não fornece o telefone dos assinantes da operadora B que, por sua vez, não dá informações sobre o número de seus assinantes para quem ligar de um telefone da operadora A. Em miúdos: pode-se ligar entre telefones das duas operadoras, mas somente isso. Informações sobre assinantes e seus números são segredo. O atendimento automático da agência governamental responsável – lugar em que o infeliz tenta reclamar – é desesperador.

Resumindo: brigam as gigantes; perde o consumidor. Ou, como se diz na roça: em briga de touros, quem sai perdendo é o capim.

O PREJUÍZO PRAZENTEIRO

Em 1997 comprei um Fiat Pálio, presente para o filho mais velho. Três anos depois ele se mudou; recomprei o carro e o dei ao do meio. Mais alguns anos e o do meio também se mudou; tornei a comprar o carro e o entreguei ao caçula. Quando o caçula se mudou, dei-lhe um carro novo e recebi o Pálio de volta. Fiz as contas: sou o feliz proprietário do Pálio mais caro do Brasil, e ele não está à venda.

Não sei se tenho medo de realizar o prejuízo ou de romper o derradeiro liame.

∾ *136* ∾

Pianos, Passarinhos e Afinadores

Ainda não abaixou a poeira do quiproquó armado por um famoso compositor e pianista que, em aparente arroubo de estrelismo, deixou seus admiradores a ver navios (pena que não literalmente) em um shopping da cidade. O cidadão estrilou e não quis tocar: não havia um piano à sua altura, ou ao seu tom, sei lá.

O moço tinha razão. Uma capital com mais de um milhão de habitantes precisa ter um piano. Um, no qual possa se exibir qualquer virtuose do planeta, mas, convenhamos: um instrumento com tal qualidade e pedigree deve ficar em sala especial, climatizada, e nunca ser exposto ou espancado a céu aberto ou no átrio de um entreposto comercial, por mais sofisticado que o tal entreposto venha a ser.

O moço tinha razão, coisíssima nenhuma. Quem assina um contrato para atuar em ambiente não adequado, deve se sujeitar a utilizar material adequado ao ambiente escolhido, quer dizer, deve saber improvisar (sem intenção do trocadilho). Não sei se o problema foi a falta do piano ou de um afinador, mas até aí morreu o Neves.

E foi pensando nos afinadores de piano, cada vez mais raros e imprescindíveis, que me lembrei de outros profissionais que também trabalham no anonimato, em seus ofícios invisíveis e necessários, e dos que exercem profissões raras pela sua natureza ou que estão desaparecendo por conta da modernidade. Você conhece algum chapeleiro? E motorneiro, gaspeador, contrarregra, lenhador, calceteiro, marcheteiro, embutidor, moleiro, foguista ou eborário?

Pois eu tenho um conhecido que dizem ter sido quase tudo na vida, "Quase tudo não, tudo!" ele garante e ainda inventa uns ofícios complicados, como o de mestre herbolário, decifrador de hieroglifos ou ainda aprendiz de tanoeiro, sendo que em todos eles mourejou o suficiente para colher frutos e cavacos, aprendendo e ensinando as suas artes.

Mas, ultimamente, ele já não trabalha, vivendo de umas poucas rendas e de diminuta aposentadoria – que ele chama de pé na cova –, e não é difícil encontrá-lo, nestas quentes tardes outonais, em um boteco lá perto da casa dele, cotovelo no balcão, saboreando uma cervejinha que ele carinhosamente chama de "a merecida".

Dia desses eu o vi por lá, distante da "merecida" por conta de um ataque de gota e, provocado, não fugiu do costumeiro assunto. Só então explicou que, após a aposentadoria, resolvera não fazer absolutamente nada, com o objetivo de se livrar de vez das reclamações da freguesia. Avisara aos interessados que exerceria sua última função: fiscal da natureza. Passaria o resto de seus dias em contemplação e êxtase.

Nem assim deu certo. Volta e meia um reclamava do vento que lhe destelhara a casa; outro, do calor impertinente e sufocante; outro ainda do mar que andou tsunameando, e então ele resolveu, pela derradeira vez, mudar de profissão.

Comprou alpiste e espalhou no quintal. Em pouco tempo ajuntaram bem-te-vis, rolinhas, puvis, coleiras, tizius e canarinhos e ele se divertiu muito com a cantoria da passarada, feliz com a nova ocupação que tinha, da qual ninguém mais ousaria reclamar, e cuja natureza, poeticamente, explicava sem modéstia:

"Eu sou afinador de passarinhos".

Ou Flores, ou Frutos, ou Sombra...

– Eu vi quando eles chegaram: o caminhão branco e os homens, uma meia dúzia, uniformizados. Pararam debaixo da minha árvore e a mediram com os olhos; um deles sacou de um papel e me pediu para confirmar o endereço. "É essa mesmo! Sabe moço, somos da prefeitura e os nossos técnicos determinaram que esta árvore deverá ser derrubada. Está condenada. O laudo está aqui, o senhor pode conferir". Funcionaram as motosserras, meu flamboyant calado, parecia chorar. Eu quis gritar por ele, não deu: a garganta estava seca; os olhos, esses sim, esses sim... corri para dentro de casa. Não consigo esquecer o gemido das serras, os baques dos galhos, do tronco, o silêncio, o barulho do caminhão se afastando, o silêncio. Abri a porta e vi a montanha de destroços; o sol invadiu a garagem, minha casa estava nua. Sabe o que é ver o fim de uma árvore que a gente plantou há mais de trinta anos? No outro dia vieram os da limpeza: ficou só um toco disforme. "Só retiramos a árvore, o toco é problema do senhor".

Meu amigo estava inconsolável, revoltado. Esbravejava contra o vizinho, que repetidas vezes reclamara da sujeira que a árvore fazia na calçada. Tentei argumentar: árvores também envelhecem, é sempre um ciclo que se cumpre, você pode plantar outra no lugar, e apesar de notar a indiferença com que ele fingia me ouvir, fui desfiando um arrazoado de culpas e desculpas que também me afligiam.

Contei que cheguei por aqui ainda menino e que meu pai veio montar uma serraria na capital que engatinhava. Que a cidade era muito mais arborizada, e ainda cercada por matas naturais.

Expliquei que o Mendanha era coberto por um mato-seco cheio de garapas, mandiocões, jatobás, sucupiras, e lá havia cisternas secas com mais de cem palmos de fundura, e que o Seu Orozimbo, o dono da fazenda, derrubou tudo quando a cidade começou a crescer praquelas bandas. Que meu pai também serrou as moreiras, copaíbas, marinheiros, cedros e perobas da fazenda do Seu Urias, ali onde hoje é a Praça dos Violeiros. Ah, no Novo Horizonte tinha um capão de mato com um jatobazeiro imenso que, derrubado, tinha um oco monstruoso: não servia pra serrar e apodreceu lá mesmo. No Capim Puba, logo abaixo do Lago das Rosas, uma vereda de cedros-do-mangue dava sequência à de buritis que se iniciava na avenida Mutirão, onde passava a estrada carreira, espremida entre brejo e lajedos de canga e que demandava à Campininha das Flores de Nossa Senhora da Conceição.

E que, talvez por isso mesmo, eu tinha me transformado em observador e me nomeado guardião das árvores de Goiânia. Verdade! Às vezes saio nas manhãs de domingo, rodando a esmo pelas ruas quase desertas, visitando e inventariando minhas velhas conhecidas, as árvores da cidade.

É assim que revejo os buritis quase escondidos do Clube dos Oficiais, naquela vereda hoje cercada de muros, o ipê-roxo da Rua 3, no Setor Oeste, o fícus monumental da Paranaíba (e o seu irmão dos fundos da antiga Faculdade de Farmácia), a jaqueira do Setor Coimbra, ali na 250, a sapucaia da Pecuária, alguns flamboyants na Tocantins, remanescentes dos primeiros de Goiânia.

Meu amigo parecia prestar mais atenção quando contei das árvores que davam umas frutas enormes, maiores que um abacate, e que ficavam em volta do Lyceu. Chutávamos as frutas num futebol improvisado e o sumo delas enodoava nossas calças de cáqui. Ainda restam algumas, a maioria derrubada com a desculpa de que as frutas quebravam vidros de carros, entupiam bocas de lobo. E o mogno da Rua 20, no jardim da velha Faculdade de Direito, plantado pelos estudantes em ato público contra a derrubada dos mognos da região do Lontra pela Rio Impex, ali pelos anos 1960. Eu o conheci miúdo – miúdos nós dois – e hoje tenho, lá no meu sítio, um mogno que é filho dele e que sempre me lembra que os meus também estão longe de mim. E outras variedades que desapareceram, ou quase: as acácias, mangubas, sabões-de-macaco, fícus-lacerdinha.

Aticei a curiosidade do meu amigo, descrevendo uma rua do Setor Universitário que tem um lado sombreado de mangueiras e que agora estão frutificando. Alguns pés de fruta-pão, raros novateiros com suas formigas, paus-ferro na Tamandaré, barrigudas na Aderup e lembrei os babaçus plantados no canteiro central da Anhanguera e que não se adaptaram, a não ser os da baixada do Lago das Rosas, erradicados quando modificaram a avenida. Lamentamos, juntos, as árvores destroçadas pelos vândalos, as vítimas do trânsito, as arrancadas pra aumentar áreas de estacionamento e as mutiladas pela companhia de eletricidade. Mas nos lembramos que novas árvores estão sendo plantadas e que a nossa cidade ainda é bem arborizada, embora pudesse estar melhor.

E que ainda restam os quintais, e aqui mesmo, na fazendinha da 89-D, tenho uma jabuticabeira, uma caramboleira, um pé de limão-galego, uma mangueira do vizinho que, em troca de umas telhas quebradas, me presenteia com suas frutas, um pinheiro, uma macaúba, um jerivá e meia dúzia de guarirobas. Guarirobas? Milhares? Milhões? Será que alguém sabe quantas existem nas nossas ruas?

Nos despedimos sem entusiasmo, ele parecia mais conformado, e fiquei pensando em outras árvores quase esquecidas. O joão-farinha da Praça do Cruzeiro, um cega-machado teimando em viver na

Rua 9, um feijão-cru e uma caraíba aqui perto de casa, um mandiocão na 85 e uma que parece um jatobá, ali perto do Ratinho, e que ainda vou conferir pra ver se é. Lá ia eu me esquecendo do tamboril da República do Líbano.

Reencontrei o meu amigo agora, nas primeiras chuvas, e ele estava radiante.

– Criei coragem, mandei arrancar o toco e já plantei outra árvore: é um oiti. E pensando bem, acho que aquele flamboyant estava mesmo maluco. – E completou, sem disfarçar uma ponta de mágoa: – Imagine, durante todos os outubros, em todos esses anos, ele cometeu a imprudência de cobrir de flores a porta da casa do meu vizinho.

O Nome Dela

Nunca havíamos nos visto, eu sei, e igual às paixões desenfreadas, às loucuras da juventude, às transgressões da senilidade, era como se sempre, inseparavelmente, estivéssemos juntos. Foi numa tarde de domingo que nos encontramos e era como se pertencêssemos um ao outro desde sempre. Alucinado, eu não sabia quem eu era; também não sabia o seu nome.

O que eu sentia era frio, um frio de eras glaciais recorrentes que me fazia transido em silencioso tremor, como se em neve e gelo o mundo se transfigurasse ao meu redor. Não sei se, ao contrário, eu ardia em chamas de santorinis e vesúvios e o mundo em seu vagar só a mim parecesse frio. Talvez fosse a febre de malárias não sofridas, o calor de desertos saarianos, as tempestuosas explosões atômicas, as aniquilações de distantes galáxias, que faziam frio o mundo em que eu vivia. Talvez alguém quisesse me matar: mas eu não sabia o seu nome.

E eu vi os círculos dos céus dantescos, vi o inferno e o purgatório, e não havia beatrizes que me socorressem. Eu fui o Quinta-feira dos pesadelos de Chesterton, o terceiro tira de O'Brien, fui Riobaldo e Diadorim ao mesmo tempo e desvendei o nome de todas as rosas literárias, a de Eco, a de Shakespeare, a de Paracelso. A rosa dos ventos, a guimarânia rosa dos sertões, veredas onde bebi a sede de muitas eras. Só não sabia o seu nome.

Em muitas noites conversei com fantasmas, dráculas, horlas, frankstenianas criaturas, quasímodos, demônios de muitos nomes, assombrações em taperas desgatadas; um saci, um caipora, iaras, boitatás, ogros, e de nenhum deles arranquei o segredo. Eu não sabia o seu nome.

Dobrei cabos em vãs esperanças, escapei de arrecifes, maremotos e tsunamis. Sobrevivi a monções, baleias colossais, mobidiques de todas as cores. Eu vi Atlântida, antes e depois. Rasguei velas, destrocei mastros, retrancas e bolinas. Havia sempre um leme quebrado, uma bússola sem agulha, um astrolábio inútil e um céu sem estrelas. Em vão contornei escolhos que eu conhecia: neles não vi o seu nome.

Diante de mim desfilaram quimeras, dragões, grifos, hipogrifos, a anfisbena de duas cabeças, a hidra de Lerna. Eu vi o Simurg de trinta pássaros: eu era um deles e não voava. E sabia o nome de todos; só não sabia o seu nome.

Fatigado, eu era o garoto da canção que se esquecera de comer, dormir, rezar, e não havia um coração que recebesse a culpa, muito menos uma distante juventude. Um suor pegajoso às vezes me cobria, eu tinha músculos destroçados, ossos fraturados, vísceras rotas; estava num porão escuro e me cercavam instrumentos de tortura. E vi a roda, o pau-de-arara, o garrote vil. Ouvi gritos mas não ouvi o seu nome.

Talvez ele estivesse em algum poema, em alguma crônica ainda não escrita e que eu tentaria escrever ainda que com meu próprio sangue. Já não conseguiria fazê-lo: pedi que o fizessem por mim. Recebi o envelope branco, faltou-me coragem ou disposição para abri-lo. Entreguei a um amigo que leu em silêncio, sorriu amarelo e sentenciou:

– É dengue.

Não é por Falta de Assunto

Sempre fui de muito conversar, gosto de contar e repetir histórias e até acho que foi por conta da fama de palestreiro que acabei vindo esbarrar aqui e exercer este incerto ofício de cronista.

De uns tempos para cá ando meio caladão. Tenho fugido dos encontros das manhãs de domingo com o pessoal da Tamandaré, recusado, com pesar, convites para uns chopes nas tardes de sábado e até falado pouco ao telefone. Estou sem paciência com o mundo. Escrever, então, é um tormento.

Na tevê, assisto apenas os eventos esportivos; fujo dos noticiários e de todos os programas rotulados como "sérios". De manhã, abro o jornal pelo caderno de variedades, leio a programação de filmes que não assistirei, as crônicas dos amigos e vejo as fotos da coluna social que, pela abundância de loiras, vão acabar me convencendo de que estou na Suécia, ou na Noruega, sei lá.

Nos finais de semana leio os cadernos culturais; nem penso em comprar as revistas costumeiras. Sem assunto, pergunto ao jornaleiro pelo jornal de notícias boas e ele, que antes dava uma risadinha e dizia "Já acabou", agora me olha com desânimo e responde: "Parou de circular por falta de matéria".

Prefiro ficar em casa, isolado nisto que chamo de escritório, cara afundada em um livro de ficção, de preferência um clássico incontestável, ou relendo alguma coisa que me traga lembranças prazerosas.

Jornais, revistas e televisão repetem o mesmo leque de notícias: violência, tráfico, nepotismo, corrupção, impunidade, crimes ambientais, catástrofes, mentiras. A boa notícia de hoje pode ser uma criança encontrada entre escombros, quase morta, dez dias depois de um terremoto nos confins da Ásia.

Nem uma flor.

A culpa não é da imprensa, eu sei. A imprensa é apenas o espelho do mundo. Se as coisas não andam boas, ela simplesmente repete – ou reflete – os fatos desagradáveis, a substância amarga dos dias em que vivemos.

E não estamos vivendo tempos felizes. É preciso botar o pé no chão, deixar de lado a inocência, descrer de líderes carismáticos, duvidar das propostas de soluções simples para problemas complexos, substituir o improviso pelo planejamento, o estardalhaço do populismo pelo silêncio da competência.

E, sem esquecer a poesia, duvidar da flor. Não acreditar no significado da ridícula flor do Guernica, na existência da utópica rosa atômica de Hiroxima, ou da feia flor drummondiana.

Ela não mais fura o asfalto; não está no chão da capital do país às cinco horas da tarde, nem é possível passar a mão em sua forma insegura. Ela não está nas páginas dos jornais. Ninguém vê a flor. Só o tédio, o nojo, o ódio.

A náusea.

P.S. – Quando comecei, eu queria escrever sobre a esperança.

Caipira Sou Eu

Não sei se acontece com todo mundo mas, comigo, de uns tempos para cá, está virando rotina. Quando posso dormir até mais tarde, acordo de madrugada; nos outros dias, travo humilhante batalha contra o despertador.

No último sábado acordei às cinco. Preparei o café, trabalhei um pouco no computador e depois liguei para o Chico Feitosa, de quem sou cliente há quarenta anos. Sei que ele abre o Salão Lord bem cedo e pensei em ir até lá para dar um jeito no que me restou da cabeleira.

Combinamos; fui o primeiro a ser atendido. A conversa foi a de sempre, exceto pela atualização. Existe conversa mais protocolar que a de cadeira de barbeiro?

Chico terminou o corte, escovou as aparas que me pesavam nos ombros e, como sempre, não recomendou nenhuma tintura ou remédio para a calvície. Bom dia!

Bom dia! Saí para o lusco-fusco da manhã chuvosa e ali, da quase esquina da Rua 8 com a 4, olhei para o lado da Anhanguera e me senti meio perdido, como se eu estivesse dentro de um filme *noir*, de terror, ou de ficção científica.

A rua estava deserta, ou quase. Nenhum carro estacionado, nenhuma pessoa a pé, as portas de todas as lojas fechadas exibindo o barrado de cartões coloridos, bandeirinhas inúteis com os números dos telefones de chaveiros especializados em portas de aço. Eu ali, a olhar a cidade adormecida, sozinho.

Sozinho, não. Ela estava lá. A ave escura atravessou rapidamente a rua sem que eu a pudesse identificar. Um corvo? Bobagem, esse bicho nem existe por aqui, mas para uma alucinação matinal até que estava de bom tamanho. Era pequena para um urubu, grande demais para um pombo e as pernas compridas e ágeis descartavam pato ou marreco. Seguramente não era um avestruz.

O bicho chegou mais para perto, bicou umas migalhas na frente de um boteco e depois ciscou, revolvendo a terra que emergia de uma falha da calçada. Era um frango.

Um frango? Ali, em plena Rua 8? Concertei os óculos e vi o frango preto, começando a fardar e já em ponto de panela. Ele esticou uma perna, bateu as asas e soltou um arremedo de canto rouquenho, como se padecesse de gogo ou fosse um adolescente mudando de voz. Mas era um frango, e ele me assustou.

Botei a cara para dentro da barbearia e gritei "Chico, acode aqui: acho que estou ficando louco", e quando o barbeiro chegou mais perto, emendei "Aquilo lá é um frango?" e ele rindo, me explicou que não era uma visão, era um frango mesmo. E contou que um morador da viela estava criando uns frangos e que eles estavam sempre por ali, soltos, catando as sobras da cidade. Cheguei até a entrada da viela e vi mais uns dois ou três.

Fiquei contente com esta invasão dos galináceos – sacramentando a rerruralização da metrópole – e me lembrei de uns bodes que moram lá na baixada da Avenida Milão e de umas vaquinhas da Vila Monticelli que saíram na primeira página do jornal sendo ordenhadas no asfalto. Acho que todos esses bichos, por absurdo que possa parecer, estão humanizando a cidade, tornando-a mais habitável, mais feliz.

Que bom, eu não estou maluco, mas voltei pra casa com uma dúvida me azucrinando: será que eu, que sou lá da Vila Coimbra, posso chamar um frango nascido e criado na rua do Cine Casablanca, do Lanche Americano e do Zelatinhas de caipira?

No Fundo do meu Quintal

— Vô, Bé qué vê ga'inha.

Foi assim, de improviso, no mais puro "goiavelhês" – herdado, não roubado –, que a neta me fez o pedido. Impossível não atender: a menina mora lá perto do Polo Norte, onde galináceos, ao que me consta, não gostam de habitar.

Era dezembro e chovia. Temeridade levar a criança a um sítio onde ela pudesse ver galinhas e pintinhos, matar sua infantil e canadense curiosidade. Cuidei de ir a uma dessas lojas de animais comprar algumas; numa gaiola de arame, um bando de garnisés.

O vendedor, farejando um bom negócio, mostrou um galo e duas galinhas, legítimos *Sebright Bantam* (garnisé de luxo tem de ter nome estrangeiro) e sapecou um preço de espantar ladinos, mas de faturar avôs incautos, argumentando sobre uma genealogia quase nobre, iniciada na ilha de Guernsey. Comprei.

Os três chegaram dentro de uma caixa e foram soltos, confinados por uma tela de plástico, no fundo do quintal. Titití pra lá, titití pra cá, e duas semanas depois Isabella voltou para sua casa; ficaram os avós, um galo, duas galinhas.

O galo, cheio de pose, ostentando pomposo fardamento: necessário encontrar-lhe um nome. Poderia ser o de alguma patente militar arcaica, em desuso: anspeçada, furriel ou marechal. Venceu a última, condizente com a pose, lá dele, de ditador de republiqueta.

O nosso Marechal (agora com maiúscula) arrastou as asas para a mais velha, que botou e chocou alguns ovos. Nasceram seis pintinhos que, por conta de acidentes domésticos, acabaram reduzidos a três.

E a vida foi seguindo assim, tão devagar quanto podia, no fundo do meu quintal. Nas madrugadas, Marechal abre o bico em cantares altissonantes, e eu torço pela surdez dos meus vizinhos, para que nenhum deles venha reclamar, como de fato ainda não vieram. Dia amanhecendo, bater de asas e cantoria desmedida, debaixo da minha janela. Cheguei a contar setenta vezes e parei: perdi a paciência antes que Marechal perdesse o fôlego.

Custei a perceber a causa da teimosia do galinho. É que ele canta solitário nas madrugadas do Setor Sul; não existem outros galos por perto, nenhum outro galo responde, nenhum galo o ajuda a tecer uma poética e joãocabralina manhã, e ele se desespera. Fico acordado, torcendo para que algum galo, em algum lugar, responda. Em vão. Sofremos Marechal e eu, e a manhã vai se tecendo, agressiva, com o barulho dos automóveis.

Agora, vi que os três pintinhos são machos, começam a fardar e já ensaiam seu canto. Sei que não posso deixá-los todos juntos, logo aprontarão uma rinha, e estou procurando alguém na vizinhança que queira hospedar um galinho cantor, para que os quatro, pai e filhos teçam manhãs felizes aqui por perto.

Recuso-me a enviá-los para longe; preciso da ajuda deles. Só assim, o meu garnisé deixará de tecer, sozinho, no fundo do meu quintal, retalhos de manhãs despedaçadas de saudade.

Galo na Cabeça

A história dos três galinhos rendeu. Muita gente telefonou demonstrando interesse, mas propostas firmes foram apenas três. E coincidentemente, de três poetas.

Coelho Vaz levou um deles para cantar em Silvânia e o libertou no quintal da fazenda, em meio a um mafuá de galinhas e franguinhas. O garnisé está por lá, na maior diversão. É promessa de futuros mestiços de pequeno porte e de cantar em falsete, nas madrugadas frias da velha Bonfim.

Aidenor Aires reservou um, mas ainda não veio buscar. Quer levar o galinho para a casa nova que acabou de construir num condomínio e espalhar por lá cantigas poéticas em manhãs bucólicas, devolvendo um ar campestre ao lugar.

O terceiro, fiz questão de levar para Ana Maria, esposa do José Mendonça Teles, meus quase-vizinhos aqui no Setor Sul. Prometi levar o galinho lá e era preciso cumprir. Meu cartaz não anda lá essas coisas com eles, já que ainda não cumpri a promessa de levar-lhes um limpa-pés de ferro fundido, em formato de dashund, para a casa deles em Piri; o galinho, levei.

Encontrei o Zé Mendonça de saída, já na porta da rua. Cumprimentos, tapinhas, saudades das netas etc. Entreguei a caixa com o galo e, pretendendo ser gentil e incomodar pouco, acabei, sem querer, por pregar uma peça no Zé.

– Mansinho. Precisa cortar a asa não. É galo de cidade, não pula cerca, respeita muro e porta aberta, Tchau! Tchau!

Nem uma semana depois, o Zé Mendonça publica, aqui no jornal, que o galinho tinha fugido. Voara por sobre o muro e passara a infernizar o quarteirão, provocando cachorros, derrubando vasilhas e dormindo lá nas grimpas da mangueira do vizinho. E cantava cada hora em um lugar, desconcertando ouvidos e manhãs.

As coisas ficaram assim paradas, fui e voltei ao Araguaia e, dia desses, encontro o Zé Mendonça ainda preocupado com o sumiço do galinho. Foi aí que expliquei que o *Sebright* é o garnisé que mais se parece com passarinho, tem asa comprida e tira uns voos longos e altos, mas se ele, Zé Mendonça, entendesse um pouco de psicologia galinácea, seria fácil recuperar o bicho.

Contei que o galinho, mal saído da puberdade, tinha se sentido muito só e partira em busca de companhia. Sugeri ao poeta que fosse à feira e comprasse uma franga – ou duas, dependendo da disponibilidade –, e as colocasse no quintal, com água e comida. Que fossem de raça poedeira, com plumagem farta e ancas largas, que o garnisé, sendo da laia dos baixinhos invocados, só gosta de mulherão, escandalosa, farta e calipígia, e que assim procedendo era inhambu na capanga, augustim na garupa, ou melhor: garnisé no cercado. Depois era podar a asa, uma só, pra desequilibrar. Zé me olhou com cara de quem estava sentindo pena, mas prometeu tentar a captura.

Acho que o galinho vai ficar numa boa com as suas namoradas; igual a ele muita gente abdicou de voar suas paixões em troca de um amor chão e duradouro, garantia de encantamento, paz, felicidade.

E aí o poeta Zé Mendonça vai poder dormir tranquilo, distante das madrugadas insones em que, literalmente, ouvia o galo cantar sem saber adonde.

Gastronomices

Minha primeira incursão pela cozinha foi em busca da lata de biscoitos. Não era a hora do lanche: minha mãe flagrou a indisciplina e me obrigou a lavar as vasilhas, o que fiz em humilhado silêncio, temendo que os meninos da rua ficassem sabendo. Besteira! Foi só na primeira vez. Minha mãe foi logo esclarecendo que, se cozinhar era coisa de mulher, lavar vasilhas era coisa de homem, numa casa sem empregada, um bando de crianças e orçamento limitado. Pode ter sido traumático, mas, até hoje, sinto saudade das comidinhas simples e gostosas, do decantado sabor de infância que ficou perdido por lá.

Fugi das panelas assim que pude e, por necessidade, acabei aprendendo a cozinhar nas pescarias. Ainda sei fazer um arroz-feijão-carne-batatas, uma maria-isabel quase decente, e um arremedo de molho à bolonhesa, mal aprendido em uma única lição de Frei Nazareno Confaloni, na quermesse da igreja de São Judas.

Mas gosto de, vez em quando, ir a um restaurante e, ultimamente, tenho observado as novidades, as mudanças que estão ocorrendo com os pratos. Mudaram os nomes ou incorporaram a eles novos galicismos, e até palavras em tupi, balinês ou quimbundo, enfim, ficaram muito mais sofisticados. Contêm novos e exóticos temperos, ervas diversas, nozes, castanhas várias, frutas, passas, gengibre, *peperones*, e tantas outras coisas que às vezes tenho dificuldade em achar, lá no meio, o gostinho bom do surubim grelhado que eu havia pedido.

O visual também melhorou muito, a considerar-se o padrão estético pós-moderno, onde figuram brilhos e cores em combinações feéricas, capazes de transformar um simples ovo frito, lascas de salsão, um raminho de alecrim e duas pétalas de rosa em uma composição que lembra um *stabile* de Calder, ou uma tela do mais puro abstracionismo lírico de Pollock, Matthieu ou Flexor. Com tanta coisa servindo de enfeite, não é de se admirar que a sustância tenha diminuído a padrões subfrugais.

Pode até ser que minhas papilas gustativas tenham envelhecido e hoje já não se comovam com sabores tão delicados, mas planejo, qualquer dia, entrar num desses restaurantes granfos e pedir ao *maitre* que me faça servir um arroz branco e soltinho, um feijão roxinho quase pagão e temperado em pé de costelinhas, carne bovina de segunda, aos cubos, cozida em panela e apertada na banha de porco, um quibebe de cará com cebolinha, salada de alfaces tenras, tomates maduros e, se possível, um refogado de cambuquiras.

Não vai dar certo. O *maitre* vai chamar o *chef*, que comparecerá, solícito e francofalante, para ouvir a repetição do meu pedido com um balançar de cabeça e um olhar que denotam estupefação e incredulidade. Após cochichos e risadinhas, pedirão que eu os acompanhe. Serei levado delicadamente até a porta da rua onde o *maitre* me explicará que naquela casa, templo da moderna gastronomia, não são servidos esses pratos primitivos, caipiras, e pedi-los ali é uma ofensa à capacitação do pessoal e à sofisticação da casa. Até breve!

O bom da história vai ser ouvir o *chef* resmungar entre dentes, indignado, a ofensa que vou receber como conselho: – "Cambîquirr-raahh! Vá comer na casa do sua mamãe."

E vou mesmo! Ainda que, depois, tenha de lavar as vasilhas, é claro.

Meu Pai e os Porcos

Assim que compramos o sítio, fiquei entusiasmado, adotei Noé por padroeiro e comecei a ajuntar todo tipo de bicho que me ofereciam para criar. E foram muitos patos, gansos e marrecos que só procriavam bem no período das chuvas, galinhas que só iam bem na estiagem, e depois angolas, cujos filhotes tratados com cupins viraram praga. Peruzinhos morriam antes de envermelhar.

Arranjei um casal de pavões que acabei não levando porque era muito luxo pra minha roça e dispensei um de cisnes, para os quais eu deveria construir um espelho d'água e recriar o Palácio de Buckingham ou outro Itamaraty aqui no Cerrado. Achei que era frescura demais.

Mas criei cabras, a despeito do bode ter fugido (e ser comido, dizem, por uma suçuarana andeja que perambulou por lá – o que às vezes duvido, mas deixa pra lá!) e ovelhas deslanadas, legítimas Santa Inês de São José do Egito, que com tanto santo no nome ainda ousavam desrespeitar até cercado de tela. Ganhei um casal de jumentos, felizmente estéril, e uns búfalos Jafarabadi que esburacaram os brejos, entancaram o corgo, e quase transformaram meu sítio em pantanal antes que eu pedisse socorro ao açougueiro da corrutela.

Comprei umas vaquinhas que me permitiam beber leite *in natura* devidamente contaminado e comer o queijo mais caro da região. Também um cavalo mangalarga que, por falta de éguas, morreu donzelo.

E lá ia eu administrando a minha arca encalhada no Ararat goiano quando um amigo me presenteou com um casal de leitões, legítimos piaus-carunchos, de pernas curtas e papada imensa, apropriados para a feitura de dietéticos torresmos. Convidei meu pai para irmos buscar o presente e ele bateu firme:

– Porco não! – E explicou que porco de fundo de quintal é fria, só dá prejuízo, ajunta moscas e produz aquele mau cheiro... e eu que tratasse de criar juízo, porco não. Disse que porco come comida de gente e ainda temos de levar a comida até ele, e que vaca se vira, come capim e anda atrás de comida e assim cabras, ovelhas e até as galinhas se ajeitam; porco não.

Eu também devia saber que quem mais gosta de dinheiro nesse mundo não come carne de porco (e falou em uns povos ancestrais do Levante, mas eu não digo os nomes, não vou botar meu velho em fria; mato no peito!), e não é preceito religioso; é que criar porco dá prejuízo, e ponto final. Perguntou se eu conhecia o rei do gado, ahnran!, o do café, o do petróleo e o do estanho. Rei do porco não tem; tomou, papudo! Nem me deixou contra-argumentar com os Rockefellers e a faraônica suinocultura da América do Norte.

– Porco, só confinado e em grande escala. Porco curraleiro, criado solto e depois fechado magro na ceva, mal comparando é como certos políticos quando chegam ao poder. Destampam a comer mais do que podem, dão bocada em tudo o que aparece e a sujeira e a fedentina que eles aprontam são insuportáveis. – Desisti de criar porcos.

Essa história, se tivesse jeito, eu queria contar para o nosso presidente. Ele, que é a maior autoridade em ética e honestidade em nosso país, poderia incluí-la entre as metáforas dos seus discursos e desancar maus companheiros e péssimos adversários por conta da lambança que andam fazendo com o dinheiro do povo.

Só peço que não deixem meu pai ficar sabendo. Se ele se lembrar dos porcos, vai me aconselhar a nunca mais usar o título de eleitor.

Meu Primeiro Emprego

Briga de galos já foi contravenção penal e hoje é crime, mas para mim foi trabalho duro, lícito, realizado nas tardes calorentas da Vila Coimbra. E nem era politicamente incorreto, naquele tempo. Foi quando consegui meu primeiro emprego.

Eu estudava de manhã e na parte da tarde, realizados os deveres escolares, às vezes corria atrás de uma bola no campo do Real. Fora isso era cangar grilo, como faziam os meninos daquela época, naquele lugar. O vizinho me chamou:

– Quer ganhar um dinheirinho? Pago meio salário.

Quem não quer, eu pensei, já antecipando o sabor do sorvete de ameixa da Fonte Expressa e a compra, na Agência Estrela, de uma capa de selim com o desenho do Maracanã e o distintivo do Vasco para a minha Monark. Luxo e sofisticação eram isso aí.

Comecei no dia seguinte. O vizinho tinha uma cocheira, um criatório de galos de briga, e meu trabalho era "pular" os galos, isto é, enfiar a mão debaixo do bicho e jogá-lo pra cima umas cem vezes, para ele bater as asas, fortalecer asas e pernas e melhorar o desempenho atlético. Eu era preparador físico de galos de briga.

O trabalho incluía curativos nas operações de orelhas e barbelas, fricção com barbatimão para fortalecer a couraça e ainda treinar alguns galos escolhidos. No meio do quintal tinha um rebolo, uma rinha pequena com piso de areia e paredes de cimento. Eu preparava os contendores, colocava biqueiras de couro e protetores de batoques que pareciam luvas de boxe e deixava os dois tentando brigar por quinze minutos. Depois o banho e o retorno às gaiolas.

Num domingo, fui convidado para ir à rinha do Setor Crimeia – um dos meus pupilos, um japonês prata, ia estrear. O lugar escuro e abafado, bufava. Acotovelados em volta da rinha acarpetada, reconheci alguns dos meus professores, autoridades, empresários, envolvidos pelo frenesi dos apostadores que, aos berros, ofereciam vantagens.

Emparelhados, briga no três. O prata tomou um tuque no primeiro pulo, caiu batendo as asas e sucumbiu em meio à gritaria de galistas e "piriás". Ofereceram o cadáver pra quem quisesse fazer uma farofa; quase chorei. Perambulei perto dos rebolos, por entre as gaiolas, e vi galos desfigurados, cegos, agonizando em silêncio. Não consigo esquecer o cheiro de sangue, a náusea.

Na semana seguinte o presidente proibiu as rinhas e o meu patrão levou os galos para uma chácara: perdi o emprego. Foi melhor assim; a experiência do Setor Crimeia tinha sido traumática demais.

Ainda gosto de galos e hoje tenho aqui em casa um garnisé que me serve de despertador. Ele é educado, canta pouco nas madrugadas e por isso a vizinhança nunca reclamou.

Achava que nunca veria crueldade maior com animais do que uma briga de galos até que um dia, no Rio de Janeiro, apertei errado o botão do elevador e fui parar numa cobertura, onde um bando de desocupados bebia uísque e gritava ao redor de uma gaiola. Dentro dela brigavam dois canarinhos.

O Avestruz e a Vaca
(Uma História pra Boi Dormir)

No tempo em que os bichos falavam, encontraram-se o avestruz e a vaca no cerrado do Planalto Central do Brasil. É verdade que nesse planalto sempre teve um estrupício de bichos falantes, mas, vestidos de terno e colarinho branco, fica difícil descobrir quem é o rato da história. Deixa pra lá: os "cepeístas" que resolvam o imbróglio. Quem pariu Mateus...

Estavam, pois, vaca e avestruz literalmente na chapada, expostos às agruras daqueles tempos miúdos, plenos de mentiras e acusações infundadas destinadas a atravancar o país – conforme ainda se queixa nosso presidente aos bispos –, quando resolveram trocar confidências e espantar a urucubaca.

O avestruz, cabisbaixo, sem conseguir, no crestado do chão maltratado pela seca, um buraco qualquer onde enfiar a cabeça, e humilhado pelos aspectos negativos de sua exposição na mídia, era só queixas.

– Bons tempos, Dona Vaca, quando aqui cheguei com panca de estrangeiro, nesta terra onde forasteiro é rei. Admiravam meu porte, distribuíam honrarias aos meus apresentadores e me saudavam agitando maços de dinheiro. Agora me odeiam; até me deixam passar fome. Imagine, Dona Vaca, se eu não tivesse fugido. Hoje só consegui comer duas cigarras, três minhocas e uns brotos de agreste.

– Pois é, cumpadi Estúrdio (a vaca, em sua simplicidade bucólica, tentava ser ao mesmo tempo íntima e formal, e chamar o passarão pelo seu nome científico), comigo foi pior. Estou aqui há séculos e nem assim me respeitam. Olha só eu aqui, babando, com a boca ferida e os cascos rachados: é aftosa. Esqueceram de me vacinar (o avestruz achava que a baba era pura admiração). Lá no estrangeiro não querem mais a minha carne e até o meu dono não dá mais meu leite pro netinho dele. Para mim, o desprezo.

– Pra mim também, Dona Vaca. Ninguém, na imensidão deste planalto, vai acreditar de novo na minha carne, nas minhas plumas, no meu couro. Investir em avestruz? Só os abutres, quer dizer, os urubus de plantão.

E a vaca, com seus olhos bovinos de helênica beleza, com a sabedoria ancestral de quem convive com o homem há milênios, retrucou:

– Fique tranquilo, Seu Estúrdio, os humanos são assim mesmo, imperfeitos. Adoram o ouro e acreditam em quimeras. Buscam o lucro com voracidade. De tempos em tempos, materializam a sua crença em um de nós e jogam nele todo o ouro que possuem. Foi assim com meu primo indiano, o zebu, com meu irmão obeso, o Boi-Gordo; o último foi você, mestre. O próximo pode ser o urso--polar ou a muriçoca. Quem sabe?

– Então só me resta o esquecimento?

– Calma, nós jamais seremos esquecidos. Pertencemos a uma das instituições mais sérias e honestas deste país: o Jogo do Bicho. Nele representamos o princípio e o fim – o Alfa e o Ômega. Entre nós, os outros 23 grupos da fortuna. Em nossos nomes a gente simples investe seus caraminguás em busca de uns trocados, e quando um deles quer falar sobre o todo, sobre o que imagina ser a eternidade, nem gagueja:

– Vai do avestruz à vaca! – Somos eternos, compadre e, se antes de nós era o caos, nem quero imaginar o que vem por aí.

O Cartório

Foi há quatro anos, mais ou menos. Estava tomando uma cervejinha bem devagar, sentado em uma daquelas pedras lá do Dumbá-Grande, quando resolvi anunciar que estava de saída, e não era só do lago: estava voltando pra cidade. O Mané, companheiro de histórias ribeirinhas, protestou:
— Embora pra quê, se lá não tem nada de bom, como aqui. — Respondi que precisava trabalhar, e antes que me perguntassem a razão de tamanha extravagância, fui dizendo que não tinha navios ao mar, não era dono de banco e nem tinha um cartório, e ele muito sério:
— E não tem porque não quer, podemos fundar um aqui.

E foi assim, sem pompa nem circunstância, sem decreto governamental, sem favor de políticos ou aquiescência de nenhum poder constituído que, na hora, foi criado o Primeiro e Único Cartório do Registro das Coisas Naturais e Conexas do Lago do Dumbá-Grande e Cercanias, tendo o Mané como tabelião e este humilde escriba como escrevente juramentado.

O cartório funcionaria ali mesmo, em cima da pedra (alguém elogiou a solidez do nosso empreendimento) e à sombra da árvore garbosa, folhuda e de nome desconhecido, que se prestaria apenas ao fim proposto: produzir sombra, é claro. Seriam dispensáveis o ar-condicionado e o mobiliário de estilo: ninguém cogitou um cofre; discutiu-se apenas a provável aquisição de um livro de notas, unanimemente considerado inútil.

É que nesse cartório não se registrariam nascimentos ou mortes, nem casamentos, divórcios, contratos, testamentos; tampouco seriam lavradas escrituras ou se levariam títulos a protesto. Seria apenas um lugar onde se pudesse contar de um peixe grande que escapou, e de um maior ainda que foi pego e, embora não existissem testemunhas, todos acreditariam, já que a fé pública não seria apenas do tabelião e do escrevente, mas também de quem contasse a história. Nem era preciso anotar, que todos teriam esses casos na memória.

Data venia, aceitaríamos registrar, sem pejo ou constrangimento, mentiras de pescador – todas – e seriam aceitos outros relatos a beirar o fantástico, como o de um bando de paturis que escureceu o céu num meio-dia de maio, ou de um cardume de mandis que, ao luar, fez o rio parecer de ouro. Revoadas de borboletas, tempestades, brigas de cobras, esporadas de arraia, um vento forte que derrubou alqueires, um banzeiro miudinho, que nem merecia o nome. Receitas de moquecas, melhor pimenta pra pirão de cabeça de pintado, artimanhas para a pesca do jaraqui com anzol, e de um boto que chorava ao ouvir moda de viola.

Dado e passado em data incerta, de natureza insólita e descabida, o cartório, que na verdade pertence a todo mundo, funciona aberto aos interessados sem cobrar taxas, render emolumentos, exigir certidões, autenticações ou firmas reconhecidas. Quem quiser participar, é só chegar, prosear, contar e ouvir histórias ou simplesmente pensar na vida.

Vou trabalhar uns dias por lá, sentar numa das pedras do Dumbá, olhar com carinho o lago manso e quase cristalino, acompanhar o balanço vagaroso de uma folha que flutua, ouvir passarinhos, esquecer apreensões e compromissos e deixar registrado no cartório dos sonhos aqueles delicados, raros, indeléveis, memoráveis momentos de tranquilidade.

~ *166* ~

Um Poste na Eleição

Dos postes da minha rua, tem um em frente à minha casa. É um poste comum – o meu poste –, fincado ali há anos, mudo, em posição de sentido, a cumprir anonimamente a sua função, como se fosse um sujeito qualquer, um trabalhador, um contribuinte, um burro de carga, enfim, um poste.

Todo ano de eleição ele se enche de caras, se enfeita de múltiplas identidades, de sorrisos, calvas, topetes e bigodes, se cobre de siglas e promessas: meu poste aí tem cara pra tudo.

Tem cara de quem quer ser ladrão, tem cara de quem é, de quem já foi e quer ser de novo, cara de traidor, de "mensaleiro", de pedófilo, bicheiro, traficante, de quem faz "acordão", pratica nepotismo, sinecuras, peculato e toda forma de corrupção. Meu poste assume ares de uma importância que não é dele, mas das caras que, nas madrugadas, gente anônima cola com desleixo e descuido a troco de insignificantes reais. E todo dia ele troca de partido.

Passa a eleição e o poste fica com a cara em farrapos, papéis rasgados, e a superposição de pedaços de retratos faz com que ele fique parecido com uma criatura do doutor Frankestein. Dele não se lembram eleitos e perdedores e vento, sol, chuva e meses depois só resta o cinza do concreto de um poste anônimo, pronto a ganhar outras caras.

É nesse tempo de sossego que ele se mostra por inteiro, exibe suas intrínsecas qualidades de poste e faz com que nós, os moradores da rua, reafirmemos a admiração e o respeito que sentimos por ele. Noites e dias lá está, reto, impávido e altaneiro, com sua natureza rude de concreto de bom traço, sua intimidade (alma?) de aço, sua anatomia de seção cônica, elegante e imutável. Cumpre, silencioso e com estudada mediocridade – como a que só possuem os gênios –, suas funções de bem público, sustentando seu aranzel de fios com garbo e sem ufania. Democrático, aceita com resignação e paciência o que lhe é imposto e igual a todos os postes, não exige privilégios de qualquer jaez.

Antigamente ele me ajudava a escolher em quem votar, errando sempre. Mas o errado não era ele, era eu, que não sabia escolher. Depois descobri, com tristeza e enfaro, que não havia como escolher. As opções, com o tempo, invariavelmente se mostraram péssimas, equivocadas.

E agora, observando com tristeza o que acontece com os nossos políticos (aqueles cujas caras corrompem o meu poste), vendo as nossas casas legislativas transformadas em casas de barganha, e o nepotismo a fazer parentesco sinônimo de competência, desando a pensar o que fazer com o meu voto na eleição que vem aí.

É que, por mais que eu me esforce, ainda não encontrei um candidato em quem confiar. Um que seja rígido, correto, honesto, trabalhador, que combata os privilégios, as desigualdades, e que respeite e faça respeitar o direito dos outros.

E se eu não encontrar esse alguém até outubro, vou consumar a minha vingança contra os maus candidatos.

Eu vou votar no poste.

Cuidado com o Poste

Quase estragaram a minha alegria. Uns amigos ligaram pra comunicar que ainda que quisesse eu não poderia votar no poste. Seria impossível, porque o voto é na máquina e o retrato do meu poste não estaria lá. Aceitei: fazer o quê?

Isso só fez aumentar a minha saudade das eleições antigas, urnas convencionais e cédulas únicas, nas quais a gente podia votar ou, se quisesse, mandar um recado malcriado pra turma lá de cima. Podia ser incivil, mas era divertido. Tinha até candidato de mentirinha.

Foi assim em 1958, quando o rinoceronte Cacareco foi lançado candidato a vereador em São Paulo e teve mais de cem mil votos, para desespero de políticos bem menos votados. De nada adiantou sequestrar e exilar o paquiderme, transferindo-o para o Rio de Janeiro. A votação foi espetacular.

Aqui foi o bode Mimoso, um mestiço anglonubiano que vivia na garagem do Expresso Goiás, uma empresa que fazia a linha Goiânia – Campinas, e era o xodó de motoristas e cobradores. Pontificava em aspas e cavanhaque no lado campineiro do Capim Puba, onde vagava com pose de autoridade. Foi "candidatado" a vereador, um espertinho tentou registrar como sendo dele o apelido e a justiça impediu. Dizem que Mimoso, o bode, foi o mais votado naquele pleito; o espertalhão esfumou-se em merecido anonimato.

Nas cidades pequenas, a festa era na apuração. As mensagens inscritas nas cédulas eram lidas com pompa e estardalhaço; o escrutinador fazia um vozeirão de locutor de quermesse e ia desfiando os podres da cidade. Adultérios, crimes de sedução, dívidas de jogo, calotes em viúvas, genealogias suspeitas, sonegação de impostos, furtos de galinha, e outros segredos guardados sob sete chaves eram revelados para a multidão em delírio. Os juízes proibiram a leitura detalhada. Abafadas graça e agonia, restauradas decência e moralidade, só se podia dizer "voto nulo", e ponto final.

Pensei que votar tinha perdido a graça, até que o Mané telefonou lá do Cocalinho, e depois de arrodear toco, contar que o Araguaia está assim de peixe, soltou os cachorros na história do poste – politicamente incorreta – e que, se eu procurasse direito, lá dentro da buchada da maquininha encontraria nomes e retratos de uma meia dúzia de três ou quatro políticos trabalhadores, honestos, que não vivem mudando de partido e nem deixam companheiro na chapada. Disse os nomes, não vou repetir aqui para não fazer propaganda antes da hora e dei o braço a torcer: verdadeiros postes de retidão e integridade. Mas que são poucos, são.

E que eu deixasse de ser preconceituoso, só elogiando poste grã-fino, de concreto armado, que lá na porta da casa dele tem um velho, útil e respeitável poste de aroeira, todo brocado, coberto de liquens, mas também cumpridor de seus deveres de poste e que segundo as más-línguas tem um bando de representantes na máquina de votar. Mas que eu fugisse desses maus candidatos, que alardeiam ter a firmeza e a estatura de um poste só porque se apresentam com as suas desgastadas, ridículas, agressivas e debochadas caras de pau.

Rato de Sebo

Diz um adágio popular que estamos ficando velhos quando, abandonando a prudência, desatamos a comprar mais livros do que somos capazes de ler. Uns argumentam que fazemos isso para esquecer o pouco tempo que nos resta neste mundo, como se ao comprar uma biblioteca monumental, de uma só vez, despertássemos a compaixão de Deus que, assim, nos concederia um tiquinho mais de vida para ler. Outros dizem simplesmente que chegamos à idade em que temos mais dinheiro que juízo.

Ainda não cheguei nessa fase por uma simples razão: os livros estão caros demais. Os novos, em edições luxuosas, disputam preço com as inutilidades da moda. Resta apelar para os livros usados e parece que negociar com eles é atividade promissora e lucrativa. A Avenida Goiás e a Rua 4 estão cheias de sebos e a gente imagina que com tanta oferta os usados devem ser bem baratinhos.

É aí que a porca torce o rabo, as correias apertam, a vaca tosse, os cães ladram, a caravana passa e os mercadores nem se dignam ouvir os suplicantes. Pois é: os donos dos sebos de Goiânia não colaboram para aumentar entre nós o hábito da leitura, quando decidem cobrar por um livro usado 60% do preço de um novo.

Desconsideram páginas rasgadas, manchas de gordura ou de vinho, anotações e rabiscos que, em conjunto, deveriam depreciar o livro e – suprema heresia – arrancam o que os valorizaria: os falsos-frontispícios com os autógrafos dos antigos proprietários. Quanto valeria um exemplar do *Pinocchio*, marcado com letra infantil "Este livro pertence a João Guimarães Rosa, Escola Mestre Candinho, Cordisburgo, 1915"? Bem mais que um da primeira edição do Grande Sertão, imagino.

Mesmo reclamando, tentando convencer os irredutíveis sebistas a baratear os livros e vender mais, enfim, clamando no deserto, não mudo meus hábitos e nas manhãs de sábado sou rato de sebo.

Passo tempão garimpando nas estantes – e depois namorando – um livro que desejaria comprar. Desejaria, porque na hora de negociar, o vendedor diz que o preço é fixo e o gerente nem levanta os olhos para dizer não à minha tentativa de regateio. Saio de mãos abanando, quase sempre. Raramente faço um bom negócio.

Dia desses tentei comprar uma *Divina Comédia* em três volumes, belíssima edição com ilustrações de Gustave Doré, e não consegui. Já ia saindo quando encontrei, na desvalorizada estante de poesia, um livro pequeno e mal acabado, com preço de seis reais. Perguntei "este tem desconto" e o vendedor "vai, faço por cinco". Paguei, peguei o livro, perguntei ao gerente se ele o queria recomprar, e ele "já arrependeu ?".

Respirei fundo e sapequei "ainda bem que você não entende de livros de poesia; este aqui não vendo nem por cinquenta".

Saí sob o olhar abobalhado dos vendedores. Eu, que só conhecia aquele livro em cópias xerográficas, acariciava um exemplar de *Poemas e Elegias*, de José Décio Filho.

A Goiás formigava na manhã. Assoviei imitando passarinho.

Chaves & Fechaduras

Ainda não descobri quem inventou a fechadura, mas boto fé que tal invento só aconteceu depois que apareceu o ladrão. Ninguém ia ter essa trabalheira toda se gavetas, arcas, canastras e portas pudessem ficar abertas sem aparecer quem se interessasse pelo alheio.

A fechadura gerou a chave, e a chave a preocupação. O risco da perda não estava mais com o objeto guardado, mas no bolso do seu possuidor. Quem da chave se apossasse, seria senhor dos guardados, dos segredos e dos prazeres do antigo dono da coisa. Por conta disso apareceram o sovina, o avaro, o muquirana e o usurário, que geraram a matéria-prima de um dos sete pecados capitais. Um dos piores – a Avareza –, e não há como transformá-lo em virtude ou agregar qualquer elogio a quem o ostenta.

Chave e fechadura também contribuíram para a Luxúria, pois sempre estiveram, de alguma forma, ligados ao imaginário erótico, desde os medievais cintos de castidade aos folclóricos "clubes da chave", que povoaram a mente da rapaziada em tempos mais recentes.

Modernamente foram criados outros mecanismos de segurança e a chave, que era grandona como atestam as estampas de S. Pedro, diminuiu, adotou o formato *yale* e adeus buraco da fechadura, marca registrada do *voyeurismo* e lugar pra se passar nas situações de aperto de qualquer espécie.

Por último vieram as fechaduras de segredo, os cartões magnéticos, as senhas eletrônicas, leitores ópticos das impressões digitais e até da íris. Já falam numa máquina que reconhece o "jeitão do andar", que seria a nossa característica mais singular.

Verdade é que, apesar de tanta modernidade, ainda não conseguimos nos livrar das chaves (escapar dos ladrões é impossível) e todos nós, depois que recebemos a chave da casa dos nossos pais, só fazemos é aumentar o tamanho do penduricalho que chamamos de chaveiro. Um meu professor garantia que andar com mais de sete chaves é fator de risco para infarto, hemorragia digestiva e loucura de todo tipo, nesses particulares só perdendo para financiamento de lavoura ou amante argentina (que sendo loira acarreta risco dobrado).

As chaves ainda têm o dom de desaparecer quando estamos com pressa. Elas se escondem debaixo de jornais, almofadas, dentro de vasos e nas bolsas e gavetas que já vasculhamos dezenas de vezes, em vão. Por fim, aparecem.

Uma amiga, no Rio de Janeiro, num sábado à tarde, saiu de casa e trancou a porta, que tinha maçaneta fixa, com a chave do lado de dentro. Pediu socorro ao porteiro, que a acudiu com a lista telefônica: – Madame, *vamossh* providenciar um chaveiro!

Encontraram lá um Chaveiro, Antônio, e ligaram. Minha amiga, aflita, disparou:

– Seu Antônio, peguei o seu número na lista. O senhor precisa me socorrer. Estou trancada do lado de fora; o senhor pode vir aqui abrir a fechadura?

– Minha senhora, esse chaveiro que a senhora leu no catálogo é o meu sobrenome (listas antigas traziam o sobrenome na frente). Eu sou Antônio Chaveiro, agente funerário às suas ordens. Mas não se preocupe. Tenho um cliente antigo, chaveiro de profissão. Me dê o seu endereço; mando ele aí num instante. Até faço média com ele, afinal nunca lhe dei serviço. A senhora sabe, caixão não tem gaveta e muito menos chave ou fechadura.

Arrombaram a porta. Minha amiga tinha medo de assombração.

O Fruto Dourado da Goianidade

Ainda me lembro do cheiro, da dor de cabeça, da náusea. Havia apenas dois meses que morávamos em Goiás, vindos do interior paulista; eu ajudava minha mãe, carregando a cesta de compras na feira da Vila Coimbra, no largo do Mercadinho. A banca coberta de pomos esverdeados, uma gamela com uns caroços amarelos, uma montanha de cascas cortadas no chão, o odor adocicado e penetrante impregnando a manhã chuvosa. Minha mãe perguntou:
— Moço, que fruta é essa?
— Pequi, dona. — E eu: Pi-qui? Vomitei; devia ser lombriga.
É verdade! A primeira vez a gente nunca esquece. Cinquenta anos depois, já posso dizer que sou um fanático roedor de pequi. Sou capaz de discutir as propriedades organolépticas da fruta e inferir a sua origem, destacando as regiões do Cerrado de onde vêm as mais saborosas. Pego o pequi com a mão e sujo os dedos, porque melhor que roer um caroço é lamber os dedos sujos, depois. Acho que assim manda a boa etiqueta goiana. Pequi rapado com faca é ignorância de forasteiro ou frescura de novo-rico.
Hoje, sei roer o pequi na medida, no risco, no limite. Fico lembrando dos japoneses que comem um peixe que, quando mal prepa-

rado, se transforma em veneno. Nós, os goianos, rapamos o caroço do pequi até a última massinha, cadiquinho antes dos espinhos. Assim descobrimos quem é do ramo, quem é da terra, quem é da raça. Arriscamos menos que os japoneses e ainda respondemos "viche", se alguém pergunta se gostamos de pequi.

Pequi não tem quantidade, cada um sabe de si. Arrisco uma meia dúzia, se tanto. Meu finado amigo Deodato tinha, literalmente, um pé-de-pequi na porta da sala. Só comia os frutos do seu pequizeiro, descontados os comidos em almoços de visita ou os que a família mandava lá dos cerrados do Peixe. Comia um caroço no primeiro dia, dois no segundo, três no terceiro, e ia aumentando até 32, comidos só no almoço. Esse número, repetia até o final da safra. Incomodado com o número cabalístico, arrisquei perguntar a razão, sem saber que tentava desvendar um dos mais guardados segredos goianos: quantos pequis alguém é capaz de comer.

– Trinta e dois? Por quê?

– Porque 32 é calibre bom de revólver e de espingarda. Por que não de pequi?

E ficamos combinados. Deodato morreu num janeiro, numa CTI. Seu pequizeiro, carregado, estava distante.

Pequi não tem dono, e nisso é igual passarinho. Quem apanhar no chão pode levar, o dono do lugar onde está o pé não se incomoda e até ajuda o apanhador, que nem precisou pedir. O pequi é uma dádiva; vender só nas cidades-grandes por conta da trabalheira que dá. Aí vale o litro amassado e com pedra no fundo. Não é malandragem: é tática comercial.

Pequi não tem hora, a melhor é a da fome. Uma vez, perdido no Cerrado, cheguei a um rancho onde me ofereceram almoço. Sentado do lado de fora, no que sobrou de um pilão, eu segurava um prato esmaltado e na outra mão um garfo de ferro. Olhei o banquete: arroz preguento, feijão cascudo. A dona da casa colocou no chão uma panela de ferro, dessas de três pés, que fervia uns pedaços de galinha

178

d'angola com caroços de pequi. Ao lado, um cuité de farinha de mandioca. Ainda me lembro do cheiro (agora, agradável perfume), do sabor delicado e indescritível do meu batizado na goianidade. Nunca comi tão bem.

Pequi não tem história, mas a culpa não é dele. É nossa, que o consideramos comida primitiva e a ele não damos o valor gastronômico que merece. Nem procuramos saber desde quando faz parte dos cardápios do Cerrado. Os holandeses deram notícia dele à Europa em 1660, no *Theatrum rerum naturalium Brasiliae*, publicado por Christian Mentzel. Goiás ainda não estava no mapa.

Pequi não tem quantidade, não tem dono, não tem hora nem história. Pequi não tem importância, mas bem que devia ter. Toda vez que vejo alguém recebendo o título de Cidadão Goiano, olho para a cara de felicidade do agraciado e me pergunto:

– Será que ele come pequi?

Fica a sugestão aos nossos deputados – além da avaliação curricular, coloquem o candidato a cidadão na frente de um prato de pequis. Se ele morder e espetar a língua: segunda época; se refugar ou esnobar: reprovado e, se pegar o pequi, roer direitinho e lamber os dedos, aprovado *cum lauda*. O diploma será, então, mera formalidade; já estamos diante de um legítimo cidadão goiano. Teremos, assim, título de cidadania com prova prática e valorizados o pequi e o título.

Resta a opinião dos patrulheiros do politicamente correto. Eles vão argumentar que existe muito goiano pé-rachado, de família tradicional e duzentã, que detesta pequi.

Mas estes estão perdoados. Eles não sabem o que estão perdendo.

Ser Goiano

*Para Waldomiro Bariani Ortêncio, goiano e atleticano
igual a mim (dedicar um texto é garantir um leitor)*

Moro aqui há muito tempo e até acho natural dizer que sou goiano ou que, simplesmente, já incorporei às minhas qualidades e aos meus defeitos um jeito goiano de ser. Sou meio avesso a citações e, quando consigo lembrar de alguma que valha a pena, esqueço o nome do autor, ou ao contrário, lembro o nome mas não exatamente o que ele disse ou quis dizer. Esta, vendo pelo preço que comprei, mesmo sem saber de quem ela é: *a terra da gente não é o lugar onde nascemos, mas o lugar que escolhemos para viver e para morrer.* Escolhi Goiás – sou goiano por opção, com honra, orgulho e até com um pouco de vaidade, um atributo estranho à própria goianidade.

Existem goianos de todos os lugares, de todos os cantos de Goiás, do Brasil e até do estrangeiro; o goiano é universal, não importando onde tenha nascido. Basta adotar a terra que os da terra o adotam, e esse goiano goza das mesmas regalias que os naturais. Aqui ninguém pergunta onde você nasceu e, devagarzinho, todos vamos ficando parecidos no falar, no andar, no jeito desconfiado de jogar o truco ou de encostar o cotovelo no balcão, inzonando antes de engolir uma talagada da pura de engenho. Não se encontram descrições do goiano nos livros de Antropologia ou de Sociologia; é nos seus ditos populares que ele se revela, mostra o de mostrar, esconde o de esconder, pois sua vida é um livro aberto, mas a página a ser lida, só ele é quem pode escolher.

Ser goiano é ser simples sem ser simplório, é ser humilde e não se deixar humilhar. O goiano é corajoso. Moço, nunca ameace alguém daqui dizendo "vou lhe ensinar com quantos paus se faz uma canoa". O goiano já sabe: é um pau só. Bastam um landi linheiro e um machado afiado. E ao moço, que embarcou em canoa furada, vai ser explicado, com calma e tranquilidade, que "o risco que corre o pau, corre o machado", e que por aqui antes da janta sempre tem o almoço, e ele pode ser o convidado ou o prato principal, é só escolher. Mas o goiano sabe responder com ternura, dependendo do jeito de nele se achegar. Como uma parede de pedra revestida de veludo, é macio quando se encosta e duro com quem vem com a clara intenção de afrontar.

O goiano é afável sem ser servil, é calmo e não se mete em confusões. Dá uma boiada pra não entrar numa briga e outra boiada ainda maior pra sair dela. Sabe que o mau acordo é melhor que qualquer boa demanda. Defende o seu, respeita o dos outros. Para ele, as três barras, a de corgo, a de saia (a de calça, pra agradar as feministas) e a de ouro são três coisas do "aieiu" que não se deve cobiçar. Respeitar é bom, diz o banguela.

O goiano é econômico em elogios e não é maledicente; sabe que gente é igual gado, juntou dois tem cabeceira e fundo, e, na marcha estradeira da vida, muito cabeceira estropia e vira fundo, e muito fundo se fortalece na dificuldade e acaba virando cabeceira, quando chega ao seu umbral. É generoso, reparte o que tem com quem tem menos, considera todo vivente um seu irmão. Repartiu o Estado de Goiás com os do Norte, ajudou a criar o Tocantins, e entende o banzo do tocantinense – imagina o quanto é triste deixar de ser goiano.

É cordial e é cordato, orgulhoso de suas tradições sem ser bairrista. Pode nascer em Jaraguá e compor uma canção em homenagem à Cidade de Goiás, cantar como ninguém cantou o rio Vermelho e ser amado nas duas cidades. E também chamar o rio de velho camarada, apesar dos seus eventuais arroubos diluvianos. Amigos, velhos camaradas, são assim mesmo e, por conta da intimidade, acabam criando confusão e a eles é preciso perdoar. O goiano sabe que o tempo, que cura o queijo, também cura as feridas do corpo e as da alma – a cicatriz é o perdão.

Em visita à casa de um goiano, aceite um cafezinho, pelo menos. Não podendo aceitar, por razões que não importam, peça um copo d'água e depois elogie a água, a melhor que já bebeu em casas de cidade. Não convém elogiar água em casa de fazenda, porque onde a água é boa a terra é fraca, e o dono da casa pode ficar magoado. Mas jamais deixará entrever seu ressentimento – o goiano é discreto e hospitaleiro; é capaz de fingir acreditar que água pega fogo para não contrariar uma visita, por mais inconveniente que, um dia, ela possa vir a ser.

Desconfia, sem duvidar da palavra dos outros; mede o mundo pelas suas medidas, fia em fio de bigode, e gente do Cerrado não deixa companheiro na chapada. Não é crédulo, mas é pessoa de fé. Em Goiás coexistem as religiões, as crenças, as tradições. Temos folias, cavalhadas, congadas; o goiano sempre acredita em alguma coisa, e, como se fosse Tomé frente ao espelho, sabe que é preciso crer para ver. Tem uns que acreditam que o Atlético será campeão outra vez. Ninguém é perfeito, nem o goiano.

É amoroso. Tem uma fala lenta e descansada. Dizem, com maldade, que o povo daqui fala errado, que não sabe a correta pronúncia do erre. Em um lugar falam *amor*, em outro *amô*, em outros *amoi* ou *amore*. Os especialistas em Dialetologia tentam explicar com apócopes, vocalizações ou apoios. Eu, do meu canto, afirmo que o goiano é quem conhece todas as maneiras felizes e delicadas de se dizer a palavra amor.

E também tem o pequi, mas aí já é paixão.

Loucos de Estrada

Às vezes, quando as perspectivas se tornam sombrias, a vida aperta e o humor oscila entre revolta e depressão, quando todas as ruas viram becos e todos os becos sem saída, eu me lembro dos loucos de estrada.

É conversa de fim de ano, esse tempo de dar balanço, de trocar de agenda, de avaliar ganhos cada vez mais escassos, e de contabilizar as perdas, cada vez mais frequentes e significativas.

Não é de perdas financeiras que estou a lamentar, até porque nunca me sobrou nenhum para especular nessas santas instituições. Lamento as utopias destruídas, aparentemente esquecido de que o bicho homem já não consegue surpreender. O poder, além de afrodisíaco, é alucinógeno, e os sapatos da globalização têm sempre o mesmo número, não importa o tamanho do nosso pé. É pena, mas não posso comprar um avião.

Reclamo também dos amigos cujo destino fiquei sabendo pelos anúncios das páginas internas dos jornais. Foram-se sem aviso e só deixaram o registro retangular com cercadura – cinco centímetros por duas colunas e, ironia, uma cruz ao lado do nome do ateu. Por fim me conformo; a cruz é a fé de quem ficou.

Olho para a casa grande e vazia ao lado do verde agressivo do jardim, da minha jabuticabeira que anda meio triste, e é com toda essa empolgação que sinto vontade de largar tudo, decretar a minha morte civil, rasgar RG e CPF, queimar talão de cheques, cartão de crédito, e sair pelo mundo feito um louco de beira de estrada.

Toda vez que viajo pelas nossas estradas, vejo um deles caminhando solitário no acostamento, a roupa suja e rasgada, a pele de cor indefinida pelo castigo do sol misturado às sujeiras velhas e novas, o cabelo rastafarianamente empastado e nas costas o saco de aniagem, meio cheio sei lá de quê.

Nunca soube onde dormem, onde se banham (se é que), o que comem, o que bebem; às vezes chego a pensar que, como os lírios do campo das Escrituras, eles prescindem dessas coisas elementares, precárias e bárbaras do dia a dia. Nem sei se são loucos de verdade ou se, simplesmente, se afastaram da loucura em que transformamos a vida.

Por conta desse distanciamento, pela aparente serenidade de quem está sempre à margem, longe dos ritos e das convenções que criamos, é que, quando fico deprimido, os invejo. Desde menino os vejo com simpatia e respeito, esfinges, imutáveis, como se pertencessem à paisagem. À da estrada e à minha.

E é como se um filme mudo se repetisse em monótona projeção, aos meus olhos. Os carros na rodovia cada vez mais rápidos, os meninos que amassavam o nariz nos vidros das portas já grisalhando, e os andarilhos sempre os mesmos, imunes ao tempo, fiéis à memória.

Para eles não há chegada ou partida; nem sequer há estrada, e, reduzida a simples movimento, a vida parece ter pouca importância. O que importa é caminhar.

Título	O *Afinador de Passarinhos*
Autor	Gil Perini
Editor	Plinio Martins Filho
Produção editorial	Aline Sato
Capa	Casa Rex
Editoração eletrônica	Adriana Garcia
	Fabiana Soares Vieira
Formato	14 x 21 cm
Tipologia	Gatineau
Papel	Cartão Supremo 250 g/m^2 (capa)
	Pólen Soft 80 g/m^2 (miolo)
Número de páginas	192
Impressão e acabamento	Cromosete Gráfica e Editora